Post-Mortem-Kino

ein Roman von

Paul Riedel

www.paul-riedel.de

©Paul Riedel, München 2016

Printed in Germany

Umschlag: © Paul Riedel, München 2016

Lektorat: Michael von Sehlen

Erste Auflage 2016

Zweite Auflage 2018

Bibliografische Information der Deutschen Nationalbibliothek: Die Deutsche Nationalbibliothek verzeichnet diese Publikation in der Deutschen Nationalbibliografie; detaillierte bibliografische Daten sind im Internet über dnb.dnb.de abrufbar.

© 2018 Paul Riedel

Herstellung und Verlag

BoD – Books on Demand, Norderstedt
ISBN 978-3-7528-9599-5

Paul Riedel

Geboren am 27. Mai 1960 in der brasilianischen Stadt Sao Paulo als Paulo Sergio Riedel, nutzt er den Namen seines Urgroßvaters als Künstlernamen.

Er beendete 2010 eine erfolgreiche Karriere in der IT- und Datenbanken-Branche und widmet sich seitdem seiner bildenden Kunst und Literatur.

Zwischen 2007 und 2011 absolvierte er eine Ausbildung als Psychotherapeut nach dem Heilpraktikergesetz, was seine Kenntnisse der menschlichen Psyche vertieft hat.

Seine Muttersprache Portugiesisch prägt seine Romane durch ihren reichen Wortschatz, genau wie sein Interesse für die Antike mit ihrem Reichtum an literarischen Formen seinen Stil beeinflusst.

Vorwort

Ein Teil meiner Ausbildung in der Kunst waren das Theater und die Dramaturgie. Einige meine Freunde oder Klienten fragen, warum ich nicht mich auf eine Karriere konzentriert habe oder warum ich in der Kunst so viele Nebenfächer belegt habe.

Meine Antwort auf diese Frage ist im Grunde einfach, wenn auch etwas umfangreicher.

In einer sich immerwährend verändernden Welt sind Karriereplanungen, die über zwanzig Jahren halten, ein Vorzug, den nur wenige im Leben genießen. Ich erkannte bereits im Jahr 1974, als ich einen Berufseignungstest machte, dass das Leben von Menschen in der Antike oder im Mittelalter, die unsere Bildung geprägt haben, viel reichhaltiger war als das, was mir mein damaliges Ausbildungsangebot eröffnete.

Leonardo da Vinci war Ingenieur, Astronom, Künstler, Architekt, Maschinenbauer und Erfinder, neben anderen Berufen, die er erfolgreich ausgeübt hat. Viele Philosophen aus der Antike waren Astronomen, Mathematiker und obendrein sogar Ärzte. Warum sollte ich mich mit einem einzigen Beruf zufrieden geben? Auch in der Kunst gab es neun Musen im Olymp – wozu nur einer davon huldigen?

Zugegeben, in meinem Alter schaffen es nur sehr wenige, Terpsichore, die Tanzfreudige, zu würdigen.

In Anbetracht einer kurzen Lebensdauer von vielleicht achtzig Jahren wollte ich das Maximum erreichen, auch wenn das, was ich erreichen werde, sicherlich nur einen

Teil des Wissens ausmacht, das dieser Globus uns anbietet.

Die Welt des Kinos war für mich immer interessant, aber wegen meines starken brasilianischen Akzents habe ich in Deutschland nicht den Zugang zu Theater und Kino gefunden.

Jedoch nutze ich heute nach dem Abschluss meiner IT-Karriere einen Teil meiner Ausbildung in meinem YouTube-Kanal oder in meinen Beiträgen als Blogger.

Das Leben geschieht auf einer Bühne namens Welt und den Applaus werden wir nur nach dem Tod ernten, wenn doch nichts mehr zu hören ist. Darum geht es hier in dieser Geschichte.

Und nun: „Film ab!"

Set positionieren

In ländlichen Orten in Bayern hat man das Gefühl, als wäre die Zeit stehen geblieben und die Welt trotz der Zeitungsschlagzeilen noch sorgenfrei. Einige Menschen suchen dort Erholung, andere Ruhe und wieder andere wollen nur ein ruhiges Leben, mit einem oder mehreren Hunden und eventuell einer Katze und gutem Wetter.

Meine Tante Erika zog nach Unterammergau, weil sie dort frei leben wollte. Ich erfuhr zu spät, welche Freiheit sie suchte, aber ich hoffe, sie hat sie gefunden.

Ich verbrachte einige meiner Urlaube dort und half im Garten, spielte mit den Hunden meiner Tante. Vor ungefähr sechs Jahren starb der alte und nach ihm kamen Pauli und Rosa, die ich aus dem Social Network kenne. Meine Tante postete fast täglich Fotos von den Abenteuern der beiden Terrier.

Ich fuhr von meinem Büro nach Hause und ich konnte vor Stolz kaum an mich halten. Ich hatte gerade eine Ehrung für meine Leistungen in der Leitung des Vertriebs bekommen, weil wir unerwartet hohe Verkaufszahlen erreicht hatten, und der Firmeninhaber hatte mir außer einer Prämie einen Pokal überreicht. In den kommenden Monaten konnte ich sogar mit einer Ernennung zum kommissarischen Geschäftsführer rechnen.

Im April war das Wetter in Bayern wild wie sonst und meine Haare waren vom Wind zersaust, als ich zu Hause ankam. Kurz nachdem ich die Tür aufgemacht hatte, klingelte das Telefon.

„Opperhausen", sprach ich meinen Namen aus. Ich muss sagen, dass der Namen wohlklingender ist als der Ort mit dem gleichen Namen. Ich hatte einmal dieses kleine Dorf in Niedersachsen mit einer Fotogruppe besucht, um den Ort kennen zu lernen, aus dem ich vermutlich stamme.

„Winterer", antwortete ein Mann in bestimmt fortgeschrittenem Alter. Ich konnte den Namen nicht einordnen und hörte nur weiter zu. Als er dies bemerkte, setzte er fort.

„Udo, ich bin der Nachbar Ihrer Tante Erika." Welcher Nachbar?, fragte ich mich. Ich sprach nie mit den Freunden und Nachbarn meiner Tante, oder zumindest nicht, seit ich aus meiner Studenten-WG ausgezogen war.

„Ach", tat ich so, als würde ich ihn kennen. Bei solchen älteren Menschen vom Land muss man etwas warten, bis sie auf dem Punkt kommen. Er wusste offensichtlich, wer ich bin.

„Erika ist hingefallen."

„Oh mein Gott! Wie schlimm ist es gewesen?"

Der Mann brach in Tränen aus und ich spürte einen Kloß im Hals, da ich aus dieser Reaktion schloss, dass es etwas Schlimmeres war.

Zugegeben, meine Tante war ein netter Mensch, aber so nah standen wir uns nicht mehr und ich fragte mich, wie ich reagieren sollte.

„Sie ist nicht mehr." Er konnte nicht mehr sprechen und legte auf.

Ich war mehr von seiner Reaktion ergriffen als von der Tatsache, dass meine Tante nicht mehr lebte.

Noch hatte ich meine Tasche um die Schulter gehängt und mein Laptop stand noch in der Tasche zwischen meinen Füßen.

„Ruhe", sagte ich zu mir selbst. Erst musste ich ankommen und mir überlegen, was man in solchen Momenten macht.

Zuerst setzte ich meinen Pokal auf meine Regale und schaute, dass er gut sichtbar war. Lichteinfall und Beleuchtung wurden getestet und nach fast einer halben Stunde fand ich den gewünschten Platz.

Meine Mutter war leider bereits vor einigen Jahren verstorben. Sie war die älteste Schwester meiner Tante. Sie hatten sich vor vielen Jahren, kurz nachdem ich wegen meines Jobs ausgezogen war, sehr gestritten. Worum es ging, war mir zwar nicht bekannt und ich wusste das Thema immer zu vermeiden. Das einzige Mal, dass ich doch nachfragte, lief meine Mutter so rot an, als würde ihr Kopf anschließend explodieren. Begleitet von barschen Beschimpfungen und Enterbungsdrohungen kam ihr Ausbruch über mich und sie knallte die Tür zu ihrem Schlafzimmer, wo sie anschließend die ganz Nacht hindurch weinte.

Zur Zeit des Streits bin ich aus der WG, in der mein Cousin Lukas und ich lebten, ausgezogen. Ich hatte einen Job bekommen und deshalb war ein Umzug unvermeidlich.

Na ja. Was die für Probleme untereinander hatten, interessierte mich auch nicht. Martha, die andere Schwester, hatte ich auch seit langem nicht mehr kontaktiert, aber offensichtlich war jetzt ein passender Zeitpunkt.

Meine Familie war nach und nach auseinandergebrochen und mir kam der selbstkritische Gedanke, dass ich mich sogar angesichts eines Todesfalls zuerst um ein wertloses Dekorstück und nicht um meine Tante kümmerte.

Ich schaltete meinen Laptop in meinem Wohnzimmer an und goss mir einen Assamtee ein. Der Appetit war mir vergangen. Solche Nachrichten sind etwas, womit ich nie gerne konfrontiert wurde, und so wusste ich auch nicht besser damit umzugehen.

Ich rief das Telefonbuch in meinem Browser auf und suchte nach den Namen meiner Tante.

Martha … Martha … ach ja, da kam die Erinnerung zurück: Santini. Sie hatte einen super lustigen Typ geheiratet, Italiener, sehr gebildet und sportlicher als ich. Sie waren die Eltern des Cousins, mit dem ich zusammengewohnt hatte.

Ich musste Martha Santini mehrmals anrufen. Erst beim vierten Versuch war meine Tante am Apparat.

„Santini."

„Hallo, Tante Martha, Udo hier", sagte ich, als würden wir uns täglich beim Frühstück sehen. Zum Teil schämte ich mich, sie seit dem Tod meiner Mutter nicht mehr besucht zu haben, aber ich war so sehr im Beruf eingebunden, dass kaum Zeit für Familie und Freunde übrigblieb.

„Junge. Ich hatte beinah vergessen, dass ich einen Neffen habe."

Sie war wie immer mehr als ehrlich.

„Hi Tante. Ja, ich gebe zu, ich habe mich etwas verdünnisiert. Keine Zeit, zu viel Arbeit, immer noch keine Freundin. Ich glaube, mich will keine und dazu muss ich dir was erzählen.

„Was denn, Bub? Alte Menschen brauchen keine Neuigkeiten. Wenn Nachrichten kommen, ist meistens einer gestorben. Heiraten will keiner mehr." Leider hatte sie mit ihrer Vorahnung Recht.

„Hat Tante Erikas Nachbar bei dir angerufen?"

„Nein. Deine Tante und ich telefonieren meistens nur einmal im Monat. Ist was passiert?"

Ich blickte zum Fenster und nach unten in die dunkle Straße und sah, wie der Wind herabgefallene Blätter vom letzten Herbst vor sich hertrieb.

„Ich weiß noch nichts Genaueres, aber scheinbar ist Tante Erika was passiert." Ich konnte mich ohrfeigen für diese ausweichende Darstellung der Tatsachen, aber ich war noch betroffen vom Anruf davor.

„Ah." Es folgte eine recht lange Pause.

„Sie ist schon älter, das kann mal vorkommen. Ich werde hinfahren", setzte ich fort, um die Leere des Gesprächs zu beenden.

Ich denke, Tante Martha hat das, was ich sagte, nicht ganz gefallen. Etwas ungeschickt oder unglücklich formuliert war es wirklich, da Tante Martha nur zwei Jahren älter als Tante Erika war.

„Nicht jeder Mensch, der älter ist, muss so schnell sterben, nicht wahr?" Die Watsche hatte ich verdient.

„Kannst du mich und Arno mitnehmen? Wir fahren kein Auto mehr und mit der Bahn sind wir Stunden unterwegs." Diese Chance, mich reinzuwaschen, durfte ich nicht verpassen.

„Klar, Tante. Wie geht's Arno denn?"

„Ich glaube, er wird uns alle überleben. Ich rufe gleich Ada und Lukas an, aber sie wohnen sehr weit weg, daher wird es bestimmt etwas dauern, bis sie ankommen."

Mein Cousin und meine Cousine waren mit mir in früheren Jahren sehr oft bei Tante Erika gewesen und trotz der traurigen Nachricht freute ich mich auf das Wiedersehen. Sie hatten mich nicht mehr kontaktiert, seit ich ausgezogen war. Wir hatten uns zum letzten Mal nur sehr kurz und oberflächlich bei der Beerdigung meiner Mutter gesehen.

„Tschüss, Tantchen. Ich versuche Informationen vom Nachbarn zu bekommen."

„Wer hat dich angerufen?"

„Ein Herr … Wiemer?"

„Nein, Udo. Der Winterer. Du musst ihn noch kennen. Der Gustav aus dem Haus gegenüber. Er ist so eine Art Hausmeister. Er erledigt alles im Dorf. Wiemer kenne ich keinen. Zumindest dort nicht."

Mir fiel ein, dass er mir Traktorfahren beigebracht hatte. Er war wirklich ein typischer Bayer, immer sehr hilfsbereit, aber die Generationenkluft zwischen uns war doch zu groß, so dass ich ihn vergessen hatte.

„Gut, dass du seinen Namen weißt. Sonst wäre ich hier ziemlich hilflos. Er braucht bestimmt Hilfe. Ich werde mich auch bei der Arbeit abmelden.

„Das ist auch das Mindeste. Familie geht vor, denke ich." Tante Martha war manchmal etwas streng, aber was wollte ich von einer Lehrerin im Ruhestand, die dazu noch zwei perfekte Kinder großgezogen hatte, anderes erwarten?

„Ruf mich morgen an. Wir sind ab zwölf Uhr abholbereit."

„Klar, Tantchen, ich werde bestimmt pünktlich da sein. Tschüüß."

Sie wartete nicht ab und legte auf. Sie hatte sich während des Gesprächs tapfer gezeigt, aber ihrer Stimme nach zu urteilen war sie von dieser Nachricht sehr mitgenommen.

Ich suchte weiter im Telefonbuch in meinem Browser nach einem Winterer im Ort. Er war leicht zu finden. Tatsächlich wohnte er gegenüber meiner Tante. Ihr Haus war die Nummer fünf und seins die Nummer acht.

Ich blickte zum Regal, bewunderte das neue Dekor und mir fiel plötzlich auf, dass eigentlich in den letzten Jahren, die ich hier in meine Wohnung lebte, niemand zu Besuch gekommen war.

Bevor ich anrief, schrieb ich an meinem Chef und erklärte, dass ich für die kommende sechs Tage familiäre Verpflichtungen hatte. Meine Firma war in solchen Fällen meistens sehr entgegenkommend und so machte ich mich schnell daran, die Koffer zu packen.

Mein willenloser Lakai, der meine Vertretung übernehmen sollte, hat fast schneller von meiner

Abwesenheit erfahren als ich selbst. Mir kam sogar der Gedanke, dass womöglich er hinter dem Tod meiner Tante stand. In meiner Branche arbeitet man mit fast allen Mitteln.

Ich schaltete das Radio an und suchte schnell nach einer Ablenkung. Der Tod ist kein willkommenes Ereignis, aber jeder muss sich damit irgendwann im Leben auseinandersetzen. Als meine Mutter starb, hatte Tante Martha eigentlich die gesamte Organisation übernommen. Mein Vater war seit der Scheidung von meiner Mutter kaum ansprechbar und er hatte meine Mutter auch nicht mehr getroffen. Er schickte damals einen telefonisch bestellten Kranz mit einer Aufschrift, die, so meinte ich, falsch gewählt war. Jedoch sprachen wir nicht darüber. Ich war auf einer Ausbildungsreise in England und erfuhr erst drei Tage später, dass alles für die Beerdigung vorbereitet war. Meine Tante hatte mich nicht unnötig aufregen wollen, denn wer kann solch eine Nachricht gelassen entgegennehmen?

Eine Auswahl aus den Siebzigern trällerte aus den Boxen meiner Anlage und ich warf meine Arbeitskleidung in den Wäschekorb.

Ich schaute auf die Uhr und dachte, es wäre höflicher, bei Herrn Winterer nicht zu spät anzurufen.

Mit meiner Fernbedienung stellte ich die Musik leiser und hörte nebenbei, wie auf der anderen Seite der Leitung ein Apparat um Aufmerksamkeit rang.

„Winterer." Hörbar mitgenommen war es die Stimme einer Frau, offensichtlich seiner.

„Udo Opperhausen. Guten Tag." Fröhlich zu wirken, ist meine einzige Verteidigung in Situationen, die mich überfordern. Ich fühle immer Unbehagen, mit fremden Gefühlen umzugehen.

„Hallo Udo. Du weißt noch, wer ich bin, oder?"

„Klar. Wie könnte man dich vergessen." Es war nicht ganz gelogen, aber – sagen wir – höflich formuliert. Es war immerhin fast zwölf Jahre her, dass wir uns zum letzten Mal gesehen hatten.

Wenn man die Jugend in der Arbeitswelt verlässt, werden Personen wie sie meistens ungewollt vergessen.

„Das hat mich sehr aufgewühlt. Wir waren sehr gute Freunde. Ich war bei deiner Tante in der Früh, weil eine Lampe bei ihr im Wohnzimmer kaputt war. Mir fehlten einige Teile, darum musste ich nach Oberammergau fahren. Als ich am Nachmittag wiederkam, lag sie bereits tot am Boden."

„Danke, dass du mich angerufen hast. Ich komme mit meiner Tante Martha morgen Nachmittag, dann kann ich mich um die Formalitäten kümmern."

„Ich schicke Sieglinde her, sie räumt alles auf, dann könntet ihr hier übernachten. Die Hunde sind bei uns und gut versorgt."

„Hunde?"

„Pauli und Rosa. Sind zwei ..."

„Ja, klar kenne ich sie."

„Stimmt, wir müssen etwas für sie finden." Ich konnte mir nicht vorstellen, wie ich zwei Terrier in meiner Wohnung unterbringen sollte. Ich hatte kaum Zeit für mich.

„Eventuell behalten wir die beiden. Sieglinde meint, dass sie sie an unsere Tochter erinnern."

Ich kannte ihre Tochter nicht, war ihr aber für diese Option dankbar.

„Ich bin sicher, das lässt sich arrangieren", stimmte ich freudig zu.

Herr Winterer war der Hausbesitzer. Meine Tante wohnte dort als Mieterin, soweit ich wusste. Er war sicher sehr gut mit meiner Tante befreundet gewesen. Er informierte mich, dass die Polizei die notwendigen Formalitäten erledigt hatte und die Leiche sich bereits bei einem Bestatter in Peiting befand, einem Ort nicht weit von Unterammergau.

„Deine Tante hat mich ausdrücklich gebeten, mich bei eventuellen Unfälle bei dir zu melden."

„Echt? Es wundert mich, dass sie dies nicht meinem Cousin Lukas anvertraut hat. Sie waren viel enger in Kontakt."

„Sie hat einiges auf Video hinterlassen. Wir sehen uns morgen."

Ich verabschiedete mich und überlegte überlegen, wieso gerade ich benachrichtigt werden sollte. Meine Tante war mit Lukas ein Herz und eine Seele, was mich zum Teil eifersüchtig gemacht hatte, aber ich übernahm gerne die Aufgabe, wenn das ihr letzter Wunsch war.

Ich schrieb bis spät in der Nacht und dabei stellte ich fest, wie viele Kontakte in meiner Adressliste nicht mehr aktuell waren.

Als mein Koffer fertig gepackt war, legte ich mich kurz in die Badewanne.

Es war eigentlich der Streit zwischen meiner Mutter und meiner Tante, der mich von ihr ferngehalten hat. Ich habe nie erfahren, was die beiden Schwestern so sehr auseinander gebracht hatte. Ich weiß nur, dass, als meine Tante zur Beerdigung von meiner Mutter kam, sie am längsten am Grab meiner Mutter geweint hatte.

Wir alle wussten, dass meine Mutter aufgrund der Leukämie nicht mehr lang leben würde, und es war traurig, aber wir hatten Zeit uns damit abzufinden, aber scheinbar meine Tante nicht.

Da meine Mutter eine strenge Katholikin war, wurde die Grabrede von einem Priester gehalten. Meine Tante war darüber nicht begeistert. Ich war sicher, wenn ein Priester auf der Beerdigung meiner Tante erschiene, würde sie sich aus dem Grab erheben und den armen Geistlichen mit Fußtritten vom Friedhof befördern.

In der Hinsicht waren meine Mutter und Tante Erika gewiss sehr unterschiedlich. Meine Haut schrumpelte schon im Wasser, das langsam zu kalt wurde, und ich machte mich fertig zum Schlafen.

Am nächsten Tag stand ich einigermaßen munter auf und nach dem Frühstück telefonierte ich mit dem Bestatter. Wir vereinbarten die Beerdigung für den kommenden Dienstag. Details über Musik, Grabrede und sogar Blumen waren dem Bestatter bekannt. Scheinbar hatte Herr

Winterer mehr als Bescheid gewusst und meine Tante hatte auch Vorkehrungen getroffen, damit die Zeremonie nach ihrer Vorstellung ablief. Sie war eine Pragmatikerin gewesen und ich erfuhr bei dem Gespräch mit dem Bestatter, wie gut meine Tante an Details gedacht hatte.

Von meiner Firma bekam ich zahlreiche E-Mails und diese beantwortete ich so gut und schnell wie möglich. Mir war es auch klar, dass solche Gelegenheiten von Konkurrenten, die sich für meinen Posten bewerben wollten, ausgenutzt würden. Das Arbeitsklima war überall gleich. Man fühlte sich, als würde man mit Piranhas baden.

Ich fuhr zu Tante Martha. Als ich schon kurz vor ihrer Wohnung war, sah ich bereits, wie sie mit ihren Händen meinem Onkel Arno Anweisungen erteilte. Eine typische Art, die von allen drei Schwestern bekannt war. Eventuell lag auch da das Problem zwischen meiner Mutter und meiner Tante Erika. Es waren zwei Alpha-Hyänen. Keine konnte jemals nachgeben.

„Du bist fast zu spät", kommentierte Tante Martha und schaute auf die Uhr auf dem gegenüberliegenden Kirchturm.

Ich war sogar dreißig Minuten vor der Zeit da, aber bei Tante Martha war das normal.

„Ich liebe dich auch, Tantchen. Ich hätte auch gerne die Koffer hinuntergebracht. Onkel Arno sollte sich eher schonen, nicht wahr?" Onkel Arno hatte vor einigen Jahren eine Hüftgelenksoperation gehabt und bei jeglichen Temperaturwechseln hatte er Schmerzen, erinnerte ich mich.

„Junge! Du wirst auch langsam älter, neh! Schau mal. Du hast einige graue Haare." Er wuschelte an meinen Haaren wie ein Affe, der einen anderen entlaust.

Onkel Arno war unter solchen Umständen die Entspannung in Person. Er hatte immer gute Laune und sogar, wenn er mal zu persönlich wurde, nahm ich ihm das niemals übel.

„Du kannst aber viel davon reden." Ich zerzauste seine Haare und übernahm die Koffer.

Das Wetter war mittelmäßig. Kalt und sonnig, wie es zu dieser Zeit meistens ist, damit konnte ich die Fahrt gut überstehen. Wir mussten zwei Stunden fahren, bis wir dort ankamen.

Tante Martha saß bereits vorne und untersuchte ihre Tasche.

„Hier, Tante. Eine Decke für dich. Ich habe sie extra geholt, damit wir die Heizung nicht voll aufdrehen müssen."

„Lieb von dir, Arno. Hast du den Korb mit dem Proviant?"

„Aber Tante, wir fahren nur zwei Stunden. Hast du wieder ein Sonntagsmahl dabei?"

„Und zwei Biere dazu", ergänzte Onkel Arno.

„Schade, dass Elfriede nicht dabei sein kann. Deine Mutter und deine Tante haben auch Jahre gehabt, wo sie mehr als Schwestern waren."

„Wie meinst du das?"

„Ach, sie hatten eigene Geheimnisse, in die ich nicht eingeweiht war. Wenn die eine Schwierigkeiten hatte, war die andere da, und sie konnten sogar ihre Kleider miteinander tauschen. Ich bin leider mehr nach unserer Mutter gekommen und passe nicht unbedingt in ihre Puppenkleider hinein."

Tante Martha war eine untersetzte Dame. Der Busen lag elegant über einem molligeren Bauch, alles unter einem blumigen Kleid kaschiert. Sie pflegte einen Zwanziger-Jahre-Look, den sie von ihrer Mutter übernommen hatte. Sie war nicht einmal so alt, aber sie hielt sehr viel von klassischer Mode. Ihre Haare waren ausgedünnt und so trug sie eine Grauhaarperücke, die so gut aussah, dass kaum einer merkte, dass es eine war. Sie hatte immer eine Handtasche, die genau zum Kleid passte. In der Hinsicht war sie besonders penibel und Schmuck durfte natürlich nicht fehlen. Sie trug einen alten gelben Topas, der von ihrer Mutter in ein eigenes Design, der einen Kometen darstellte, eingefasst worden war.

In den ersten dreißig Minuten sprachen wir über alle die Jahre, die ich mich nicht gemeldet hatte. Welche Cousinen Kinder bekommen haben, welche nicht. Wer gestorben war und wer bestimmt bald sterben würde. Das Thema konnten wir wohl nicht umgehen.

Danach kehrte Ruhe ein, bis wir eine Rast im Süden von München machten.

„Ich überlege, was wir mit Erikas ganzen Sachen machen sollen. Ich habe keinen Keller", entschuldigte sich Tante Martha.

„Gute Frage. Ich hatte beinah vergessen, dass wir den Haushalt auflösen müssen. Was hat Tante Erika gemacht?"

„Sie war Geobotanikerin und hat Filme gedreht, hin und wieder gab es Ausstellungen und sie hat noch für eine Zeitung als politische Korrespondentin für Umweltthemen gearbeitet, glaube ich. Ich habe mich nicht zu sehr damit beschäftigt und deine Tante hat mich immer von ihrer Arbeit ferngehalten." Neid oder Trotz, ich konnte das nicht einordnen, aber Tante Martha fühlte sich sicher vom Leben der Tante Erika ausgeschlossen.

„Als würde ich kein Verständnis für die Arbeitswelt haben. Ich war immerhin eine Sprachkorrespondentin", fügte Tante Martha würdevoll hinzu.

Onkel Arno schlief mit offenem Mund, sein Kopf hing nach hinten und er schnarchte etwas zu laut. Ich wollte etwas sagen, um die Ruhe zu unterbrechen, aber ich wusste nicht was, da ich mich aus den Angelegenheiten der drei Schwestern immer herausgehalten hatte. So schaltete ich das Radio ein und wählte einen alternativen Sender mit Jazzmusik.

„Wir sind als Familie eigentlich nicht gut. Wenn ich uns mit Arnos Familie vergleiche, dort streiten sie sich über Banalitäten, aber sind fest miteinander verschweißt. Wir hier trennen uns zu leicht voneinander."

Wir waren bereits nah Bad Kohlgrub und würden in Kürze ankommen.

Tante Martha schaute noch in ihre Tasche und holte ein Papiertaschentuch heraus und ich hielt es für besser zu schweigen.

Licht an!

„Onkel, lasst mich die Taschen hereintragen. Setzt euch in die Veranda, bitte." Das Haus, in dem Tante Erika gewohnt hatte, schmückten ein Garten und eine Veranda. Der Rasen war sauber gepflegt und die Hecken ordentlich geschnitten. Es musste alles für den kommenden Frühling vorbereitet worden sein. Tante Martha und Onkel Arno waren offensichtlich müde von der Reise und folgten ohne Widerworte meinen Anweisungen. Herr Winterer hatte wie vereinbart die Schlüssel unter einem Clown aus Ton an der Tür versteckt. Ich brachte alles hinein und stellte fest, dass das Haus sich sehr verändert hatte. Überall waren Fotos in Zierrahmen zu sehen. Die hatte ich noch bei meinem letzten Besuch hier nicht bemerkt.

Ich setzte meine Tante und meinen Onkel ins Schlafzimmer und mich selbst in das Gästezimmer. Da fiel mir ein, dass noch mein Cousin und meine Cousine kommen sollten.

„Tante." Ich streckte meinen Kopf durch das Fenster zur Veranda hinaus.

Es lag fast überall Staub und ich musste an jedem Fenster und Tisch, den ich anfasste, etwas abwischen. So lief ich mit einem feuchten Tuch in der Hand herum, als wäre ich von der Putzkolonne.

„Ja."

„Sind Ada und Lukas mit Familie unterwegs, oder wie? Wir haben seit langem keinen Kontakt gehabt." Es sollte auch eine Entschuldigung sein. Ich hatte meine Familie wirklich vernachlässigt.

„Mit wem Lukas kommt, weiß ich nicht, aber er besuchte deine Tante so oft, dass ich sogar eifersüchtig war. Ada kommt bestimmt mit Mann und Balg." Ach so! Mein jüngerer Cousin schien bei meiner Tante in Ungnade gefallen zu sein.

„Du bist dann also Oma geworden? Wann war das denn?"

„Drei ist er letzten Monat geworden. Ziemlich verwöhnt und deine Cousine scheint, wenn auch verspätet, das Muttersein entdeckt zu haben."

„Wie schön. Wer Ada als Mädchen erlebt hat, kann es bestimmt kaum glauben." Wir lachten über den internen Witz. Ada, die eigentlich Adeline hieß, war ein sehr maskulines Mädchen gewesen. Fußball, Karate und hartes Hockey waren ihre Lieblingssportarten, aber sie war damals sehr schön und sehr adrett, so war es nicht unmöglich, dass Männer sich besonders von ihr angezogen fühlten.

„Und Lukas? Du hast erzählt, dass er häufiger zu Tante Erika kam als ich. Seit ich aus unser WG ausgezogen bin, haben wir nur mal Geburtstagsgrüße im Sozialen Netz ausgetauscht."

„Deine Tante war auch seine Patentante und sie nahm diese Aufgabe ernst. Er war hier alle drei Monate. Ich telefonierte mit ihr meistens einmal oder zweimal im Monat. Er ist auch in der Kunst tätig und beide waren sehr kreativ, es ist klar, dass sie ihn bezaubern konnte. Ich bin leider nur die Mutter. Gut zum Putzen und Probleme loswerden, aber keiner kommt zu mir, weil er oder sie Spaß im Sinn hat." Tante Martha und meine Mutter hatten den gleichen Drang, sich schlechtzumachen und etwas abzuwerten. Ich dachte dabei bei mir, dass ich hoffte, im Alter nicht so negativ zu werden.

„Ja, ich muss mich etwas mehr melden. Die Arbeit saugt einem die Seele aus dem Leib und wenn man nicht aufpasst, wird man bei der eigenen Familie und seinen Freunden zum Fremden."

„Ich habe mit beiden telefoniert. Lukas ist morgen da und Adeline will übermorgen kommen. Ich gehe zur Küche und mache uns das Abendessen. Wir müssen Erikas Vorräte aufbrauchen. So wie ich sie kenne …" Sie war etwas mitgenommen und rannte zur Küche, damit ich ihr nicht wieder beim Weinen zusah.

Ich blieb in der Veranda und Onkel Arno wachte auf und putzte seine vom Schnarchen ausgetrockneten Lippen ab. Es blies etwas feucht von den Feldern in unsere Richtung und ein leichter Güllegestank stieg in unsere Nasen.

„Ziemlich früh für das Düngen, oder", versetzte Onkel Arno, der immer ein Thema fand.

„Ich kenne mich nicht aus, aber ich wäre dankbar für ein Leben auf dem Land ohne diesen Gestank."

„Natur, Udo. Natur. Ich schaue, ob deine Tante etwas für das Kochen braucht."

Er schlürfte in den alten Pantoffeln davon, die er bereits bei der Ankunft angezogen hatte.

Mein Handy vibrierte kontinuierlich und ich kam mir vor, als hätte ich einen Vibrator in der Hose. Ich las die zahlreichen Mails mit Beileidsbekundungen und unterschwelligen Drohungen von Arbeitskollegen in der Art: ‚Wenn du mich nicht rechtzeitig informierst, dann …', oder die originellsten: ‚Du kannst dir zwei Stunden Zeit lassen, ich kann noch warten.' Egal wie, mir wurde klar, dass der Tod meiner Tante keinen in meinem Büro interessierte.

Ich ging wieder ins Wohnzimmer und bewunderte die Fotos in den Bilderrahmen, die auf den Möbeln standen und an der Wand hingen. Dort sah ich Menschen, die ich in der Mehrzahl gar nicht kannte. Auf einem Foto entdeckte ich mich. Offensichtlich hatte Tante Martha ein viel interessanteres Leben geführt, als ich von ihr gedacht hatte. Fotos in den Bergen, bei der Wanderung. Kletterseile um die Schultern und kurze Hosen zeigten, dass sie nicht nur zum Spazieren in den Alpen war. Eine Freundin begleitete sie auf fast jedem Foto. Ich sah bei einigen Fotos sogar, dass sie zu einer Zeit entstanden waren, als ich meine Tante besucht hatte, aber ich kannte die Freundin nicht. Bestimmt eine Reiseleiterin, so nahm ich an.

In diesem Moment hörte ich, wie kleine Pfötchen in hektischem Tempo auf dem Parkettboden trapselten. Herr Winterer kam mit Pauli und Rosa durch die Eingangstür herein.

„Ich dachte, sie sollten einmal kommen, um euch ein Hallo zu sagen. Erika machte ohne die beiden keinen Schritt aus dem Haus."

Pauli machte klar, dass er der Herr im Haus war, schnüffelte an mir und nach kurzer Überprüfung zeigte er, dass er mit meiner Anwesenheit einverstanden war. Rosa schien die Herrin mehr zu vermissen. Sie schniefte überall rum und suchte im Haus nach meiner Tante Erika und entschied sich, an der Tür zu sitzen und vergeblich auf meine Tante zu warten. Wie man ihr klarmachen sollte, dass die Herrin nicht mehr zurückkommen sollte, war mir nicht klar. Dabei dachte ich darüber nach, wie wohl Hunde einen solchen Verlust verarbeiten.

„Tolle Idee. Ich kannte beide noch nicht. Wie alt sind sie?" Ich mochte Tiere schon immer. Ich hatte nur keine Zeit dafür.

„Rosa ist sechs und Pauli ist fünf. Beide sind sehr einfach und machen nichts kaputt."

Tante Martha hatte sich wieder erholt und kam von der Küche wieder ins Wohnzimmer.

„Ich habe eine Liste für dich gemacht. Wer ist das denn hier?", schrie sie förmlich zwei Oktaven höher und Pauli wackelte mit seinem Hintern im Doppeltempo neben Rosa, die nur halb so elegant zur Begrüßung von Tante Martha kam.

„Pauli und Rosi", sagte Herr Winterer.

Onkel Arno kam mit Hundekuchen aus der Küche.

„Das fehlt uns. Ein paar zappelige Monster für die Stimmung." Er schien auch Hunde zu mögen.

„Meine Tochter schenkte Erika den Pauli und Rosi war die Ersatztochter von beiden." Herr Winterer schien mehr über die Freundschaft seiner Tochter mit meiner Tante zu wissen.

„Wer war Ihre Tochter? Ich kenne sie nicht, oder?" Ich fragte mich, wer seine Tochter war, die ich in all den Jahren, die ich hierhergekommen war, nie gesehen hatte.

„Weiß ich nicht, aber Martina wohnte hier bis zu ihrem Tod." Herr Winterer schien nicht mehr so vom Verlust betroffen zu sein, was mich zu der Annahme führte, dass sie schon vor längerer Zeit gestorben war.

Herr Winterer merkte, dass ich dies nicht wusste, und ergänzte.

„Vor vier, fast fünf Jahren. Pauli war noch ein Welpe. Wann warst du das letzte Mal hier?"

Ich wusste, dass diese Frage kommen musste. Ich suchte nach einer möglichst klugen Antwort.

„Meine Mutter und meine Tante haben sich vor einigen Jahren zerstritten und so sind unsere Verbindungen irgendwie schwächer geworden. Ich rief sie mindestens zwei Mal im Jahr an. Ich glaube, dass ich hier mit Lukas zum letzten Mal vor zwölf Jahren war. Damals war nur Pepe hier." Pepe war ein alter Labrador, der mit fast siebzehn Jahren gestorben war. Meine Tante hatte ihn sehr lieb, obwohl er blind, fast taub und dement war. Sie trug ihn zum Gassi gehen in einem Kinderwagen und Fotos von ihm gab es viele.

„Ach, der Pepe. Das war ein toller Hund."

Herr Winterer machte eine Pause und suchte offensichtlich nach etwas auf einer Kommode. Meine Tante Martha schaute ungeduldig, dass ich meinen Einkauf für sie erledigte.

„Erika bat mich, euch über ihre letzten Jahren zu berichten. Sie erzählte mir, dass kaum einer zu Besuch kam."

„Wir haben kein Auto", verteidigte sich Tante Martha, obwohl es mir bekannt war, dass sie mit der Bahn viel durch Deutschland und sogar nach Italien fuhr.

„Ich muss einkaufen." Ich wollte mich davonmachen, weil ich ahnte, wo das hinführte.

„Ich lege Erikas Fotobücher hier auf die Kommode. Sie hat mir mal gesagt, dass alle ihre Fotos und Filme anschauen sollte, wenn sie sich verabschiedet hätte." Herr Winterer hatte fast zwanzig dicke Alben gebracht und sie scheinbar in zeitlicher Reihenfolge auf der Kommode aufgestellt.

Ich verabschiedete mich und ging zum Einkaufen, während Pauli und Rosa den Garten unter der Aufsicht von Onkel Arno überprüften. Mein Handy zeigte eine endlose Liste an Meldungen aus meinem Büro und ich dachte mir, ob sie dort nicht das Wort Urlaub, Todesfälle oder Privatsphäre kannten.

Nach Erledigung der geschäftlichen Telefonate und des Einkaufs fuhr ich zurück zum Haus. Diese Voralpenregion ist sehr grün und überall kann man Kühe auf der Weide sehen. Mir wurde bewusst, dass es hier weder gewünscht noch angebracht war, schnell zu fahren. Ich schaltete einen Gang herunter und schaute mehr auf die Umgebung und überlegte, was ich noch von Tante Erika wusste. Offensichtlich nur, dass sie ein tolles Haus mit Garten hatte und nett war. Aber der Streit zwischen meiner Mutter und ihr hatte sich auf unsere Beziehung übertragen.

Die verschiedenen Regale und Wände waren mit ihren Abenteuerfotos gepflastert. Ich hatte nicht einmal gewusst, dass sie sportlicher war als ich. Von ihren

Freundinnen kannte ich natürlich keine einzige. An keinem ihrer Geburtstag war sie zu Hause und wir schickten meistens Grußkarten mit Gratulationen, dann nur Postkarten und in den letzten acht Jahren, sofern ich mich erinnere, hatte ich nur über die Sozialen Medien einige weniger erinnerungswerte Grafiken gepostet.

Im Gegensatz dazu sandte Tante Erika jedem eine handgeschriebene Grußkarte zum Geburtstag. Zeit fehlte mir und ich dachte, fast jedem, der auf dem Arbeitsmarkt engagiert ist, fehlt sie auch. Im Haus angekommen, kurz vor der Parkbucht, kam mir plötzlich der Gedanke, dass das Arbeitsleben zwar vieles bezahlte, aber zu viel dafür verlangte. Diese Auszeit versprach, mir über einiges in meinem Leben klarer zu werden.

Rosa war leichter zu erkennen, weil sie sich sehr grazil um den Empfang kümmerte und meine Einkaufstaschen mit ihrer Nase inspizierte. Pauli zog es vor, sich weiter auf dem Gras auszuruhen.

Nach dem Essen saßen wir im Wohnzimmer und ich schlug vor, die Fotos durchzublättern. Meine Tante Martha holte ihre Brille und Onkel Arno zog vor, die Nachrichten im Fernsehen zu sehen. Erfahrungsgemäß waren die Nachrichten den ganzen Tag immer die gleichen und die politischen Kommentare auch eintönig. Ein Reporter machte uns klar, dass in der Börse Firmen gewannen oder verloren und unaussprechbare Indizes, die keiner begreifen wollte, sich in irgendeine Richtung bewegten. Mir war leider eins klar: Geld kann nur von Arbeit kommen und die sinkenden Gehälter waren nie ein Thema in solchen Sendungen. Ich ignorierte den penetranten Reporter, der mit künstlicher Dramatik irgendeinen Firmenskandal vortrug.

„Ich blättere. Du hast bessere Augen." Meine Tante saß bereits mit dem ersten Buch auf der Bauernecke und schaute sich die erste Seite an.

Meine Tante hatte eine sehr bayerische Einrichtung, mit traditionellen Bauernmöbeln. Man sah, dass alles zum Teil handgemacht war und die zahlreichen Details setzten die Vorstellung des Lebens im Dorf in Realität um.

„Das hier ist aus unserer Kindheit. Diese Fotos werde ich mitnehmen. Wir waren eigentlich gut versorgt und meine Mutter war sehr streng. Damals arbeiteten Frauen nur in billigen Jobs, aber unser Vater hatte einen guten Job. Er stieg in diese Firma ein und arbeitete dort vom ersten Tag an bis kurz vor seinem Tod. Er hat leider die Rente nicht geschafft."

Ich konnte mir kaum vorstellen, dass dies heutzutage überhaupt möglich wäre, da die Firmen selten Personal halten und die Mitarbeiter auch wechseln, ständig auf der Suche nach besseren Angeboten. Der Arbeitsmarkt hatte sich sehr verändert, dachte ich mir.

Es folgten viele Mädchenfotos im Badeanzug, ohne Badeanzug, mit schwarz-weißen Kleider oder in der Schule in absolut künstlichen Posen für die Schulfotografen. Ich sah, wie meine Tante mit langen Haaren heranwuchs. Auf einigen Fotos war sie neben meiner Mutter zu sehen, auf anderen saßen alle drei Schwestern zusammen. Besonders fiel mir auf, dass Tante Erika eine starke Persönlichkeit zeigte: Gehobenes Kinn, ein starker Schritt nach vorne und ein leicht dominantes Lächeln bestätigten, dass sie im Leben einem eigenen Plan folgte.

„Das hier war, als deine Tante Erika mit Wanderungen und Naturforschungen angefangen hat. Ich glaube, sie war so um die sechszehn Jahre alt."

„Wo sind die ganzen Männer von Tante Erika? Ich vermisse die Ballfotos mit Mädchenkleidern, wie sie meine Mutter hatte", fragte ich neugierig. Pauli plumpste auf die Sitzbank zwischen mir und Tante Martha und stellte sich bequem hin.

„Deine Tante war nie besonders an Männern interessiert. Sie war gut in der Schule und sie ging zwar gerne mit ihren Freundinnen spazieren, reisen, aber stimmt, ich habe nie von ihren Beziehungen besonders viel erfahren." Ich spürte eine leichte Verdrängung der Wahrheit, welcher ich nicht folgen wollte, denn meine Neugier war geweckt.

Es gibt Frauen, die sich tatsächlich nie für die Liebe interessierten, vorverurteilte ich. Mir war auch dabei bewusst, dass auch ich selbst nicht besonders viel zu berichten hatte. Bis auf Kurzliebschaften, die selten über drei Monaten hielten, hatte ich nie eine Freundin gehabt. Ich bin mir von meinem Aussehen her bewusst und sicher, dass wenn man klein und schmächtig ist, man bereits einige Nachteile auf dieser Welt hat, und ich war nie der Platzhirsch, was mir auch kein großes Ansehen bei den Frauen verschaffte. Ich war auch selten an Bindungen interessiert, weil ich meistens auf Reisen war, und eine Beziehung erfordert Zeit, über die ich nicht verfügte, und das seit mindestens fünfzehn Jahren.

Pauli saß jetzt an den Füßen meines Onkels Arno und schniefte im Halbschlaf tief vor sich hin. Es klang fast so, als würde er meine Tante Erika vermissen oder von ihr träumen.

„Hier hat sie ihr Diplom in Biologie bekommen. Auf dieser Feier war sie bereits eine ganz andere Frau. Die Uni hat sie sehr verändert." Das Foto vom Anfang der siebziger Jahre zeigte meine Tante in einem etwas poppigen Hemd und einer dunkelbeigen Hose. Ihre Haare waren etwas zu kurz für die damalige Mode, aber wie ihre Schwestern hatte auch Tante Erika keine große Haarfülle. Die Farben waren extrem verblasst und da, wo die Farbe nicht mehr so gut zu sehen war, war die Farbe Lila oder Rosa zu sehen.

Einige der Fotopapiere hatten keine gute Qualität und dies konnte man an dem Verblassen der Farben sehen. Wir waren beim dritten Fotobuch angelangt. Meine Tante Martha bedeutete mir mit dem Finger, das nächste zu holen.

Onkel Arno kam an den Tisch und schenkte Weißwein ein. Er hatte zwar eine Flasche mitgebracht, aber eine offene Flasche im Kühlschrank gefunden.

„Ich werde Erika vermissen. Sie war die lustigste und lebensfroheste der Schwestern", prostete Onkel Arno.

„Trotzdem hast du mich geheiratet", sagte Tante Martha etwas schnippisch.

Plötzlich hörte ich einen ungewöhnlichen Laut von meiner Tante und schaute auf das Buch. Es waren Fotos, die meine Tante Erika bei einer Parade in New York zeigten. Offensichtlich auch in den siebziger Jahren. Die Haarschnitte waren eindeutig zuzuordnen, denn einige der Personen auf dem Foto erinnerten mich an die Rockoper „Jesus Christ Superstar".

„Wann war Tante Erika denn in New York?", fragte ich etwas erstaunt, weil wir nie darüber gesprochen hatten.

„Sie war immer unterwegs. Das hier muss so um die neunzehnhundertfünfundsiebzig gewesen sein. Da hatte sie bereits ihre Stelle als Dozentin an der Uni und war fast zwei Monate in New York", erklärte Tante Martha, deren Hand wie zufällig auf einem der Fotos lag. Als ich merkte, dass sie das Foto versteckte, hob ich zart ihre Hand auf. Darunter war ein Foto von Tante Erika, wie sie herzerwärmend eine andere Frau küsste. Offensichtlich hatte meine Tante Erika einige lesbische Beziehungen gehabt. Ich tat so, als wäre ich nicht beeindruckt, und kommentierte das Foto nicht.

Meine Tante blätterte weiter und der Wein verschwand schnell aus der Flasche. Onkel Arno ging zur Küche, begleitet von Pauli, der bestimmt einen Nachschlag zum Abendessen verlangte. Als Onkel Arno wieder mit einer neuen Flasche ins Zimmer kam, gab es einen Kauknochen für Pauli und dann einen für Rosa, die dankbar in ihre eigene Ecke ging.

Wir waren fast mit allen Alben durch und es musste bereits das siebzehnte sein, als ich dann die Frau, die mit meiner Tante auf den Fotos an der Wand posierte, wiedererkannte. Sie umarmten sich am Eingang des Frankfurter Hauptbahnhofs. Ich meine das Frankfurt am Main, um genau zu sein.

„Ich wusste nicht, dass Tante Erika lesbisch war." Für diesen Kommentar hätte ich mich ohrfeigen können. Wir sprachen nie im Kreis unsere Familie über diese Art der Beziehungen und offensichtlich war diese Seite des

Lebens meiner Tante in unserer Familie auch nie ein Thema gewesen.

„Ich denke, die Fotos lassen diesen Schluss zu. Eigentlich waren meine Informationen darüber sehr vage. Wir sprachen nie darüber. Ich weiß nur, dass deine Mutter und deine Tante sich auch deswegen gestritten haben." Ich hielt Tante Martha nicht für einen offenen Menschen und schämte mich, dieses Thema angesprochen zu haben. Die Abneigung meiner Mutter war Thema während vieler Abendessen, Empfänge und sonstiger Feierlichkeiten. Darum hatte meine Mutter auch weniger Freunde gehabt. Sie hatte eher Menschen gehabt, die sich vor ihrem Mundwerk fürchteten.

„Deine Familie machte ein Geheimnis daraus und nun ist das Geheimnis gelüftet. Ich weiß das Gleiche von meinem Neffen Lucio. Er ist schwuler als Halloween in San Francisco und wurde einfach aus dem Kreis der Familie ausgeschlossen." Onkel Arno war ein Verfechter der neue Rechten und immer gegen die Macht der Kirchen in Italien gewesen, aber seine Einstellung zur Homosexualität war mir bislang nicht bekannt gewesen.

„Ich kenne Lucio nicht, oder?"

„Nein. Er war nie in Deutschland, glaube ich, und wenn doch, man spricht nie darüber, darum hatte er auch nie eine Familie gehabt, die er jemandem vorstellen konnte. Das muss bei Lukas anders werden."

„Wieso bei Lukas?" Ich war nicht mehr im Bilde.

„Dein Cousin lebt seit zehn Jahren mit einem Mann, aber will nicht mit uns über seine Orientierung sprechen", erklärte Tante Martha. Ich war sichtlich von diesem

Schwall der neuen Informationen überfordert und suchte nach passenden Wörtern.

„Das wusste ich aber auch nicht. Er ruft mich auch nie an. Das Letzte, was ich von ihm hörte, war, dass er nach Essen umgezogen ist."

„Eben. Da ist die Wohnung von Sven, seinem Partner", erklärte Onkel Arno.

„Ach ja, Sven wurde mir einmal vorgestellt. Lukas sagte damals, dass sie Arbeitskollegen seien. Wir haben uns auch wieder bei der Beerdigung meiner Mutter getroffen, aber Sven war nicht dabei. Er kam später zum Leichenschmaus."

„Doch er war da. Er war im Hotel geblieben", überraschte mich Onkel Arno wieder.

„Warum dieses Versteckspiel? Ich glaube nicht, dass jemand sich über seine Orientierung jemals Gedanken machen würde. Bei den heutigen politischen Diskussionen über Homoehe und CSD-Paraden, die keiner übersehen kann, ist das kein Thema mehr."

Zugegeben, ich war in den Augen meines Cousins bestimmt das Paradebeispiel des Homophoben. Ich war als Junge nicht besonders nett zu ihm gewesen.

„Deine Mutter hat sich von da an sehr fromm entwickelt. Ich glaube, es war nach dem Tod unseres Vaters, als sie sich dann geändert hat, und Tante Erika hat sich von uns abgewendet. Von da an sahen wir deine Tante nur zu Weihnachten, bis Mutter starb, und danach sprachen wir nur per Telefon. Im Grunde war ich neben Lukas die Einzige, mit der deine Tante immer telefonierte."

Tante Martha machte eine kurze Pause und überlegte etwas.

„Gut, jetzt verstehe ich auch besser, was beide verbindet."

Ich dachte für mich, dass Tante Erikas Orientierung und Lukas sie weniger verbunden hat, aber eher beide von uns abgewendet hat.

„Deine Mutter hat, als sie sich mit deiner Tante gestritten hat, sich über ihre Orientierung aufgeregt und deine Tante Erika hat das weiter an Lukas und dann an uns weitergetragen. Es scheint, dass diese Besessenheit deiner Mutter für die Kirche unsere Familie mehr auseinanderdividiert hat." Tante Martha war aufgeklärter als ich, ohne Zweifel. Ich wusste nicht einmal von diesem Aspekt.

„Ich wusste nicht, dass es bei dem ganzen Streit nur darum ging."

„Meiner Ansicht nach war deine Mutter eher neidisch, dass deine Tante ihr Leben selbst ausleben konnte und sie eigentlich nicht. Sie haben sich alles an die Köpfe geworfen. Deine Mutter rief mich damals an und bat mich, Lukas zu verbieten, Erika zu besuchen. Schau dieses Foto hier."

Meine Tante zeigte, wie meine Tante Erika auf einem Motorrad in kurzen Hosen und Bikinioberteil posierte. Hinter ihr war die Frau, die auf allen anderen Fotos zu sehen war.

„Ein solches Foto hätte ich gerne machen wollen. Ich frage mich nur, wie ich mein Bein über das Motorrad hätte bekommen sollen." Wir lachten und ich zeigte auf die Frau hinter meiner Tante Erika.

„Wer war diese Frau?"

„Keine Ahnung. Deine Tante hat sich nach dem Ausbruch deiner Mutter völlig von der Familie getrennt. Deine Mutter war sehr dominant, leider." Tante Martha schien unter der Dominanz meiner Mutter auch nicht viel Freude empfunden zu haben.

„Ich schaue mir den Computer von Tante Erika an. Ich sollte eine E-Mail an alle ihre Kontakte senden." Ich wollte das Beschnüffeln des Lebens meiner Tante abstellen. Mir kam es wie eine Verletzung der Privatsphäre vor, aber andererseits erkannte ich, dass meine Mutter eigentlich uns alle zur Einsamkeit verdammt hatte. Scheinbar auch mich.

Ich ließ Tante Martha mit den weiteren Alben in der Bauernecke zurück und nahm die bereits durchgeblätterten zurück zur Kommode. Meine Tante Erika hatte eine Arbeitsecke gehabt und dort waren außer den Vorlesungsprotokollen und Unterrichtsplänen der Uni auch die Filmprojekte, die sie geleitet hatte. Wir hatten leider zu wenig darüber erfahren. Ich erfuhr lediglich über Zeitungen oder mal beiläufig in einem Gespräch etwas davon.

Ihr altes Modell ratterte sich hoch und das Betriebssystem kreierte eine Anmeldemaske mit einer Frage nach dem Passwort. Das zu erraten war nicht schwierig, da meine Tante es auf einen Erinnerungszettel an den Monitor geklebt hatte. „Pauli2010" stand darauf und das gab ich ein.

Ich schaute nach ihren E-Mails und es waren wirklich zahlreiche. Ich ließ sie alle unbeantwortet und schob sie vorsichtshalber sämtlich ins Archiv, da mir nichts einfiel, was mir bei der Beantwortung helfen konnte. Ich verfasste eine Todesanzeige und einen anderen Text an alle, die ihr eine E-Mail sendeten, als automatische Antwort.

Eine Untersuchung der Social-Media-Plattformen war einfach, da alle Passwörter im Browser abgespeichert waren. Überall schrieb ich die Todesanzeige und sah, dass die Abmeldung von einigen Plattformen erfolgte.

Ich stellte dabei fest, dass meine Tante eine wesentlich interessantere Person war, als ich mir überhaupt hatte vorstellen können. Sie war offen, weltgewandt und nun lesbisch. Letzteres scheinbar zum Argwohn meiner Mutter.

Das Erschreckende an diese Feststellung war, dass mir klar wurde, dass ich meine Tante nicht kannte, meinen Cousin Lukas auch nicht und selbst ein einsamer Mensch war, der nur von der Arbeit nach Hause fuhr und zurück.

Auf dem Desktop befand sich ein Ordner mit dem Namen „Letzter Wille". Darin waren Anweisungen zu Kontolöschungen, Passwörter und einige Dokumente, die ich später lesen wollte. Dort war auch ein Video, eine sehr große Datei, bei der ich dachte, es wäre besser, sie mit allen anzusehen.

Ich schaltete den Computer ab und mein Onkel Arno kam an meine Seite.

„Wir legen uns schlafen. Morgen rufen wir die Freundinnen und Freunde deiner Tante an und organisieren den Leichenschmaus. Geh ins Bett, weil der Tag bestimmt lang werden wird."

„Danke Onkel. Ich lege mich auch hin."

„Du fühlst dich unwohl mit dem Gedanken, dass Lukas schwul ist?"

„Überhaupt nicht. Ich stelle nur fest, dass ich kein guter Cousin war, weil er mir das nie anvertraut hat." Dabei haben wir zwei Jahre zusammengewohnt, aber das kam nie zur Sprache."

Wir hatten uns ein paarmal befummelt, aber ich denke, das tut jeder, oder mindestens wollte ich das Thema nicht mit meinem Onkel besprechen.

Onkel Arno ging zum Schlafzimmer und ich wurde von einigen Gedanken aus unserer Jugend geplagt. Meine Witze über Lukas und manche unbeabsichtigten Späßchen haben unserer Beziehung geschadet und ich wusste jetzt warum.

Ich ging kurz zur Veranda, um etwas frische Luft zu schnappen. Der Mond schien heller als sonst zu sein und der Himmel zeigte mehr Sterne als sonst. Ich freute mich, fern der Stadt zu sein und die Natur näher erleben zu dürfen. Doch die Nacht war kalt und meine Füße froren bereits. Ich ging zum Wohnzimmer und fuhr den Computer herunter.

Allein in meinem Zimmer, machte ich das Fenster auf und schaute die fernen Lichter in Unterammergau an. Das Leben schien für mich plötzlich so kurz zu sein und alles so bedeutungslos. Wenn ich heute sterben würde, wäre ein anderer Manager in weniger als einer Stunde auf meinem Posten und zwei Stunden später wäre ich nicht einmal mehr Geschichte. Die Bedeutungslosigkeit eines Lebens in Einsamkeit wurde mir deutlicher, als mir klar wurde, dass ich nicht mal mehr ein Fotoalbum besaß, da alle meine Fotos auf CDs oder in Online-Profilen waren, was bedeutete, dass ich mit einem Klick vergessen wäre.

Ich musste auch über die Treue meiner Mutter zu einem Gott nachdenken, der ihr Leben nur trauriger und einsamer gemacht hatte. Mit Tante Erika an ihrer Seite hätte sie in ihren letzten Tagen vielleicht mehr Freude gehabt als von dem ganzen Kirchenkram.

Traurig, feststellen zu müssen, dass auch meine Existenz indirekt vom Glauben meiner Mutter bestimmt war.

Diese Erkenntnisse begleiteten mich, bis ich in einen tiefen Schlaf fiel und mir ein Licht aufging!

Kamera an!

Das Telefon klingelte mehrmals und ich konnte mich kaum dazu motivieren aufzustehen. Einige Sonnenstrahlen zwängten sich durch die Jalousie und ich rollte zur Seite und lag plötzlich Nase an Nase mit Pauli, der sich an meinem Kopfkissen breitgemacht hatte. Rosa räkelte sich weit unten an meinen Füßen und gähnte ungeniert. Ich hatte schon lange keinen Hund mehr bei mir gehabt und dachte daran, was ich mit diesen beiden machen sollte. Sie durften unmöglich im Tierheim landen. Eventuell konnten sie Herr Winterer oder meine Tante übernehmen.

Ich stand auf und ging wie gewohnt zur Küche und beide Terrier kamen mir hinterher. Mein Onkel und meine Tante hatten nur einen Zettel auf dem Tisch hinterlassen, auf dem sie angekündigt hatten, dass sie spazieren gehen würden.

Ich gab beiden etwas Futter und stellte fest, dass neues gekocht werden musste. Ich musste mich informieren, was Hunde überhaupt fressen. Während beide mit lautem Schmatz und Lecken ihre Näpfe leerten, machte ich mir einen Kaffee und da ertönte wiederholt das Telefon.

„Opperhausen bei Linden." Das war der Name der Familie meiner Mutter.

„Santini hier. Hallo?" Ich erkannte die Stimme sofort.

„Hi Lukas. Ich bin es, Udo." Ich antwortete leider langsamer, als er sprach.

„Udo? Ach, Udo. Mann. Schon lange nicht mehr von dir gehört. Ich komme ungefähr gegen Mittag. Wie steht es da bei euch, mit allem?" Keiner mochte das Ereignis beim richtigen Namen nennen. Seine freundliche Art war so, als hätten wir uns gestern gesehen und niemand wäre tot und wir würden uns nicht wegen einer Beerdigung treffen.

Während ich am Telefon war, schaute ich zur Wand und sah ein Foto von Lukas als Jugendlichem und Tante Erika in irgendeiner Stadt in Deutschland. Scheinbar Berlin. Von mir hatte sie kein Foto an der Wand, musste ich feststellen.

„Die Beisetzung findet Dienstag statt. Es ist nur eine Zeremonie und die Einäscherung wird scheinbar später erfolgen. Ich gehe mit deiner Mutter die Klamotten durch und wir packen alles für die Spende und dann müssen wir uns überlegen, was wir mit dem Inventar machen."

„Wir fahren gleich los. Sollen wir etwas mitbringen?"

„Neh. Hier muss eine Menge aufgebraucht werden. Wir können heute Nachmittag zur Schleifmühle zum Essen fahren." Das war eine Gaststätte in der Nähe. Ich wollte etwas freundlicher wirken, indem ich mich für unser Wiedersehen etwas mehr engagierte.

„Ich freue mich, Sven besser kennenzulernen."

Eine Pause folgte. Ich nehme an, dass Lukas nicht erwartet hatte, dass ich ihn darauf ansprach.

„Wir werden in Gustavs Ferienwohnung bleiben. Nachdem wir die Koffer ausgepackt haben, kommen wir zu euch."

„Wer ist Gustav?"

„Der Nachbar vorne." Klar, Herr Winterer hatte auch einen Vorname. Ich kam mir fast deplatziert vor. Alle kannten sich und hatten Fotos voneinander, meine Tante war sogar mit meinem Cousin verreist und ich war nie dabei gewesen. Dass ich sogar Gustav vergessen hatte, machte mir klar, dass ich kaum am Leben meiner Familie teilgenommen hatte. Wäre ich jünger gewesen, wäre ich eventuell eingeschnappt gewesen.

„Ach klar. Gute Fahrt." Ich wollte meine Bedenken über die Hunde nicht am Telefon ansprechen, da ich langsam den Eindruck hatte, dass keiner die Lösung dieses Problem angehen wollte.

Ich trank meinen Kaffee und schaltete den Computer an. Da ich das Netzkennwort nicht kannte, bestand mein einziger Zugang zum Internet über Tante Erikas Computer.

Ich ging die E-Mails meiner Tante durch. Einige hatten meine Mail beantwortet. Es war alles das Gleiche und ich sparte mir die Zeit und dankte allen im Geist. Ich fühlte mich enttäuscht ob der Tatsache, dass ich zwar als Erster angerufen worden war, aber offensichtlich nicht Tantes Liebling gewesen war. Für einen erwachsenen Mann mit über vierzig Jahren klang ein solches Verhalten kindisch, aber ich konnte auch nicht aus meiner Haut.

Ich erreichte meinen E-Mail-Account und beantwortete die meisten E-Mails aus meinem Büro. Es war extrem unangenehm zu lesen, dass meine Vertretung sich auf meinem Posten breitmachte. Plötzlich stand Pauli mit beiden Pfoten auf meinem Schoß und wedelte mit dem

Schwanz. Ich nahm an, dass er seinen Spaziergang brauchte.

Pauli und Rosa kamen angetanzt und ich suchte die Geschirre. Sie waren an der Eingangstür angehängt und entsprechende Toilettenaccessoires für den Hund von heute durften auch nicht fehlen. Ich musste etwa zehn Jahre alt gewesen sein, als ich das letzte Mal mit Hunden spazieren ging.

Zwei Terrier an der Leine sind schwer zu bändigen, aber ich befürchtete, dass sie mir ohne Leine weglaufen würden. Wir gingen den Berg hinauf und da kam mir Gustav Winterer entgegen.

„Grüß Gott!" Diese bayerische Begrüßung ist für einen Atheisten etwas gewöhnungsbedürftig, aber wenn man hier ist, macht man sich keine Gedanken mehr darüber.

„Grüße Sie." Ich war nie wortgewandt und bei Fremden umso weniger. Trotzdem musste ich irgendetwas sagen oder mich zumindest für seine Hilfe bedanken.

Es wehte ein ziemlich kühler Wind und die beiden Terrier freuten sich auf Gustav, der beide streichelte.

„Habt ihr schon entschieden, was aus den beiden werden soll?"

„Wir haben noch keine Zeit gehabt, darüber zu sprechen. Wir haben gestern erst die Fotos angeschaut und ich musste mit Schrecken feststellen, wie wenig ich über meine Tante weiß."

„Sie meinte, sie müsste dich aus deiner Welt befreien. Sie war sehr idealistisch und man konnte ihre Ansichten nicht immer nachvollziehen, aber sie war eine fabelhafte Frau.

Sie erzählte mir, dass sie und deine Mutter verschiedene Ansichten vertraten, hinsichtlich ihrer Gesinnung und besonders wegen ihrer Beziehung zu meiner Tochter."

Diskret, aber gut formuliert. Meine Mutter war sehr konservativ und wenn sie erlebt hätte, wie die Welt sich verändert hatte, wäre sie vielleicht noch einmal vor Schreck gestorben.

„Ihre Tochter wohnte bei meiner Tante?" Ich war etwas neugierig, muss ich zugeben. Nachdem ich erfahren hatte, dass sie ein lesbisches Leben geführt hatte und ich in solchen Themen ziemlich unerfahren war, wollte ich mehr darüber erfahren. Es klingt komisch, aber man kann sich nicht die eigene Tante als Lesbe vorstellen.

„Sie waren zusammen. Sie konnten von Gesetzes wegen nicht heiraten, aber sie haben das rechtlich so organisiert, dass sie füreinander da waren."

„Ach so. Ihre Tochter und meine Tante ..." Ich kam nicht zum Ende meiner idiotischen Feststellung.

„Vierzehn Jahre. Deine Tante machte meiner Tochter zur glücklichsten Frau der Welt und darum mochte ich sie so sehr. Sie war für uns ebenfalls wie eine Tochter."

Es blieb eine kurze Pause, da ich nicht wusste, wie er seine Geschichte fortsetzen wollte, dann motivierte ich ihn zum Reden.

„Bei uns in der Familie wussten wir nichts davon. Meine Mutter war sehr christlich und solche Themen hat es bei uns nie gegeben. Ich muss zugeben, dass auch ich mich bisher sehr wenig damit auseinandergesetzt habe."

„Ja. Man muss nichts davon verstehen, aber die Menschen, so wie sie sind, leben lassen. Wenn du im Urlaub herkamst, zog meine Tochter zu mir und danach wieder zurück." Er lächelte und ich verstand, wie naiv wir in meiner Familie gewesen waren.

„Schade, dass wir erst so spät an ihrem Leben teilnehmen konnten und unter solchen Umständen."

„Meine Tochter war jahrelang krank. Sie hatte sich während einer der Reisen ziemlich böse angesteckt. Deine Tante hat sie Tag und Nacht gepflegt und ließ nichts unversucht, sie zu heilen, aber die Natur wollte etwas anders."

Ich nickte, ohne zu wissen, was ich dazu sagen sollte. Herr Winterer setzte dann fort:

„Auch ich musste mich durchringen, um zu akzeptieren, dass meine Tochter mir keine Enkelkinder schenken wollte, aber im Nachhinein ist alles gut gegangen, jedoch es ist nicht leicht, zu sehen, wie es mit dem eigenen Kind zu Ende geht. Ich hoffe, anderen Eltern bleibt sowas erspart. Ich bringe die CDs mit den Dias deiner Tante. Sie hat mit meiner Tochter Dias von der Flora der Region gemacht. Meine Tochter hat, als sie krank war, diese Dias in Fotos umwandeln lassen und hat alles in einem Video kommentiert. Nettes Filmchen."

Schade, dass wir das jetzt erst nach dem Tod sehen konnten, aber ich freute mich trotzdem darauf.

„Heute kommt auch mein Cousin mit seinem Partner, denke ich." Ich versuchte mich weltgewandt auszudrücken, als wüsste ich über alles Bescheid. Meine

Unkenntnis vom Leben meiner Tante und dem meines Cousins setzten mir zu.

„Ach, Sven kommt auch?"

Ich war schon wieder der Außenseiter. Herr Winterer wusste auch über Sven Bescheid.

„Ja. Sie sind unterwegs."

„Dann bis später. Mit diesen Schuhen werden Sie sich nichts Gutes tun. Die Straße hinauf ist es ziemlich rutschig."

„Ach nein, wir gehen nur eine kurze Runde und dann zurück. Bis später."

Ich war unaufmerksam und plötzlich zogen Pauli und Rosa an der Leine und sprangen in Richtung einiger Hühner, die sich auf der anderen Seite des Zauns befanden. Der Schreck führte dazu, dass ich auf einmal ganz wach war. Die Hühner liefen herum und gaben verschiedene Töne der Empörung von sich und beide Terrier freuten sich, alle in Schrecken versetzt zu haben.

Ich nutzte den Spaziergang, um mir Gedanken zu machen über meine Einsamkeit und um die Erkenntnisse der letzten Tage zusammenzufassen. Die Fotos, die ich von meiner Tante gesehen hatte, zeigten ein fröhliches Mädchen, aber von diesem Mädchen hatte ich selbst kaum etwas zu sehen bekommen. Die Gesinnung an sich wäre kein Problem in der Gesellschaft von heute, aber als ich ein Jugendlicher war, waren die Ansichten entschieden anders. Wer wie ich streng religiös erzogen worden ist, konnte nicht so leicht damit umgehen. Mir schien, dass bis Dienstag noch einiges passieren würde.

Als wir zurück nach Hause gingen, sahen die Terrier meine Tante Martha an der Veranda. Sie brachte etwas zum Tisch und mein Onkel saß mit der Zeitung vor der Nase. Ich ließ beide frei und sie rannten los. Ich hatte den Gehorsam der beiden scheinbar unterschätzt. Sie waren sehr brav und wussten bestens Bescheid, sich zu benehmen. Außer bei Hühnern und Katzen, aber das war noch verzeihlich.

„Wo wart ihr? Ich habe bereits mit Lukas telefoniert und mit Herrn Winterer gequatscht. Ja klar, auch beide zum Spazieren mitgenommen." Beide zappelten herum und Pauli legte einen Wackeltanz um mich herum hin.

„Ich habe eine Torte beim Bäcker gekauft. Sie haben nicht ein so großes Sortiment, aber das Dorf ist auch nicht so groß, kann man verstehen", erklärte Tante Martha. In meiner Familie kochte und backte keiner. Soweit ich mich erinnerte, hatte meine Mutter auch nicht besonders gut gekocht. Ich war immer froh, wenn ich bei meinen Freunden zum Essen eingeladen war.

Tante Martha stellte noch eine frisch gebrühte Kanne Kaffee auf den Tisch, der sehr schön dekoriert war. In dieser Hinsicht war sie immer die Beste gewesen. Sie vergaß nie Servietten, Teller und Sonstiges. Ich dagegen war darin etwas schlampig.

„Lukas kommt mit Sven um die Mittagszeit herum." Ich schaute auf die Uhr. „Nun? Eigentlich sollte er dann bald da sein."

„Ich werde die Wäsche für die Spende ausräumen und wenn du in die anderen Schränke schaust, dann haben wir bald einen Überblick." Tante Martha war pragmatisch, aber die Einsamkeit hatte bei ihr merkliche Spuren hinterlassen. Ihre Augen waren geschwollen und es war klar, dass sie zwar nicht geweint hatte, aber doch ergriffen war. Sie ist die Letzte von drei Schwestern. Eine stirbt an Krebs und von der anderen wussten wir noch nicht, woran sie gestorben war. Keine angenehme Situation.

„Herr Winterer bringt später ein Video, das Tante Erika und ihre Freundin, seine Tochter, gemacht haben, angeblich über die Flora der Region, glaube ich." Ich wusste nicht mehr, worum es ging. Das Gespräch mit Herrn Winterer war mir nicht mehr im Kopf.

Das Sofa meiner Tante Erika musste entsorgt werden. Ich stellte fest, dass seit dem Tod von Martina, der Tochter von Herrn Winterer, in dieser Wohnung nichts mehr gemacht worden zu sein schien. Meine Tante hatte offensichtlich aufgegeben, weil keiner in der Familie sie unterstützte, und die Freundinnen, nahm ich an, lebten alle weit weg.

„Warum hast du nie geheiratet? Du bist ein hübscher Junge. Es muss Frauen geben, die dich mögen." Onkel Arno war sehr direkt und extrem persönlich. Ich muss gestehen, dass ich bisher allein lebte, dass ich mir einfach nicht vorstellen konnte, jemanden in meiner Wohnung zu haben. Ich wollte Stress vermeiden und Beziehungen waren für mich immer mit Stress verbunden. Vermutlich hatte ich das von meinen Eltern übernommen. Mein Vater hatte die Ehejahre mit meiner Mutter nicht gut überstanden.

„Keine wollte mich."

„Du musst mit uns nach Elba fahren. Dort kann ich dich mit unseren Nichten bekannt machen. Nette Mädchen und sehr klug." Onkel Arno wollte mich verkuppeln, darum tat ich so, als ob ich sehr beschäftigt wäre. Vor allem sind „nett und klug" Synonyme für „nicht besonders schön", vermutete ich.

„Ich gehe die Schränke durch", entschuldigte ich mich.

„Was? Er ist zu alt zu heiraten. Da muss man etwas nachhelfen." Er zeigte mit den geschlossenen Fingern beider Hände, wie es die bekannte Art der Italiener ist, zu meiner Tante.

„Schusch!", konterte sie.

„Du weißt, wie es mit Pippo war. Nachdem er fünfzig geworden war, hat er nur Tiramisu gegessen, weil sein Ding nicht mehr, hä!"

Den Fall kannte ich. Pippo ist ein Cousin von Onkel Arno, der mit fünfzig impotent wurde, und Tiramisu bedeutet: „Hebe mich hoch". Wer meinen Onkel kennt, kann ihm solche Witze verzeihen.

Ich wollte protestieren und sagen, dass ich noch im Raum war und noch kein Tiramisu brauchte, aber ich tat so, als hätte ich nichts davon gehört.

Nach fast einer Stunde, in der ich die Wohnung untersucht hatte, sammelte ich Papiere, Dokumente und Schlüssel auf dem Wohnzimmertisch und ging alles durch und machte mir eine Liste, wem ich mitteilen sollte, dass meine Tante nicht mehr da war. Auf der Tagespost hatte ich entsprechend „Verstorben" vermerkt und wollte sie später in den Briefkasten werfen.

Da hörte ich, wie ein Auto langsam die Straße entlangfuhr. Ich schaute instinktiv durch das Fenster und versuchte meinen Cousin zu erkennen.

Als Kind hatten wir gut zusammengespielt, aber ich war kein netter Cousin gewesen. Eigentlich überhaupt nicht nett, musste ich mir eingestehen. Ich hatte Lukas sogar manchmal verprügelt. Als Einzelkind war ich manchmal zu sehr von mir selbst überzeugt, eine Eigenschaft, die mir jetzt fehlte.

Close Up

Zum Abendessen kamen erst Lukas und Sven zu uns. Sven, ein blonder Hüne, wie man ihn sich aus Büchern vorstellt, arbeitete als Makler und lebte scheinbar gut davon. Mir waren Details an seiner Kleidung nicht entgangen. Teure Schuhe aus Kunstmaterial und Holz, sie mussten designer- oder handgefertigt sein. Solche Schuhe trägt meistens die Crème de la Crème der Tierschützer, zu der er offensichtlich gehörte. Seine Hose war aus schottischem Cashmere gefertigt, passend zum Sakko und zum Hemd, das bestimmt aus Spanien stammte. Ich konnte nur davon träumen, die Zeit zu haben, solche Kleider zu kaufen. Ich bestellte meistens alles über das Internet und selten passten die Kleider zueinander. Ich denke, Lukas war nicht besonders angetan, mich zu sehen, und ich wünschte mir, dass er bald seine Begeisterung darüber zeigen würde.

Die Tür war offen, trotz des frischen Wetters. Wir kamen vom Spaziergang und warteten auf beide Herren, damit wir zum Essen fahren konnten.

„Tag Mama, Tag Papa." Kurze Atempause und Küsschen wurden getauscht, dann kam ich an die Reihe.

„Pauli." Lukas sprach es mit einem besonders langen „ihh" am Ende und umarmte Pauli, als wären sie beste Kumpels. „Rosa, Schatz." Klar, ich war doch noch nicht an der Reihe, stellte ich fest.

Lukas streckte mir seine Hand entgegen und nickte kurz.

„Udo. Wir haben uns schon lang nicht mehr gesehen." Die Raumtemperatur schien um fünf Grad zu sinken und wäre ein Loch im Boden gewesen, hätte ich mich, ohne den Grund zu wissen, dort verkrochen.

„Hallo. Es freut mich, dich wiederzusehen. Das wird Sven sein?" Ich schüttelte Lukas' Hand als Ersatz für eine Umarmung. Wir hatten zwei Jahren zusammen gewohnt, aber mein damaliger Abschied schien keinen guten Eindruck hinterlassen zu haben.

Sven schien auch über mich Bescheid zu wissen und er lächelte trocken und nickte, alles fast zu förmlich.

„Die Freude ist meinerseits. Wir haben bereits viel über dich gesprochen und Tante Erika erzählte mir auch viel über dich. Jetzt haben wir ein Gesicht zum Namen."

Der Himmel wusste sicher, in welchem Ton man über den homophoben Udo gesprochen hatte. Ich verbiss es mir, zu fragen, was er von mir hielt.

„Habt ihr bereits geheiratet?", wollte ich das Eis brechen und mich von meinem schlechten Ruf mit einem etwas privateren Umgang distanzieren.

„Udo, bitte!" Ich merkte, dass das zu intim war. Als mir das Rot ins Gesicht stieg, wollte ich sofort das Zimmer verlassen und lieber so tun, als hätte ich nichts gesagt.

„Entschuldige, ich dachte nur."

„Was du denkst, interessiert bestimmt keinen und was du von uns hältst, ist uns auch egal."

„Aber ich wollte nur …" Ich kam nicht zum Ende meines Satzes, es war mir nun bewusst, dass ich nicht so zu dem inneren Kreis gehörte, wie ich mir es wünschte.

„Entschuldige. Ich ziehe mich um, dann können wir gehen." Ich drehte mich um, als hätte ich nichts gehört.

Es war ein Schatten aus meiner Vergangenheit, der mich leider noch verfolgte. Bei den letzten drei Malen, dachte ich, bei denen Lukas und ich auf Partys zusammen waren, hatte ich auf überlegen gemacht und ihn indirekt als verdorbene Tunte bezeichnet. Ich hatte nicht gewusst, dass er nur Witze aus seinem Kreis in der Runde erzählte. Hätte ich etwas Verstand gehabt, hätte ich sein Outing kapiert und wir wären nicht so auseinandergegangen.

Nach der letzten Party hätte mir klarwerden sollen, dass ich ihn verletzt hatte, aber es war wirklich nur ein spätpubertäres Machogehabe von mir gewesen, das er aber offensichtlich auch nach zwölf Jahren nicht verziehen hatte.

„Warum bist du so empfindlich, Junge? Ich hatte Udo gesagt, dass ihr beide ein Paar seid", erklärte Onkel Arno.

„Das Thema geht euch nichts an, oder?"

„Benimm dich und rede nicht so mit deinem Vater, als wäre er dein Bierkumpel, oder es wird dir leidtun." Tante Martha sprach die Drohung mit erhobenem Zeigefinger aus.

„Ach bitte. Da kommt einer daher und will mir sein Heterosein unter die Nase reiben, in dem Haus der Tante, der seine bescheuerte Mutter verboten hat, sich jemals wieder in der Familie blicken zu lassen?" Der mit „einer" gemeinte war bestimmt ich und meine Mutter war bestimmt bescheuert. Die Religion hatte sie in den letzten Jahren ihres Lebens schier unerträglich gemacht.

Ich hörte von meinem Zimmer aus alles ziemlich gut, wartete zwei Minuten und hoffte, ich könnte von vorne anfangen. Ich traue mir im Berufsleben alles zu, aber privat meide ich gerne Konfrontationen.

Ich ging wieder ins Wohnzimmer hinein und tat so, als hätte ich gar nichts gehört.

„Fahren wir zur Pizzeria? Wir waren dort bereits zweimal, aber sie sind wirklich gut, nicht wahr, Onkel Arno?"

„Ich glaube, wir fahren nicht mit. Ich wollte nur vorbei kommen, um zu klären, wie wir Tante Erikas Sachen erledigen. Wir sind etwas müde von der Reise", entschuldigte sich Lukas. Sven, der mit Lukas' Ausbruch etwas überfordert war, nickte zustimmend und hoffte bestimmt, dass wir es glauben würden.

„Lukas, ich weiß, dass es schon spät ist, aber würdest du mit mir nur kurz mit Pauli und Rosa spazieren gehen? Wir haben uns so lang nicht mehr gesehen." Wir mussten uns aussprechen, und das möglichst allein.

„Eine gute Idee. Ich wollte sowieso nicht rausgehen, so bestelle ich die Pizza hier zu uns nach Hause. Geht spazieren. Sven, hilfst du mir mit der Küche? Du wirst mich nicht allein lassen?", kokettierte Tante Martha und versuchte die Lage zu deeskalieren.

„Dich lasse ich niemals allein, Martha. Du bist die einzige Frau in meinem Leben." Sven war sehr beliebt und mir kamen fast die Tränen in die Augen. Diese Intimität und Liebe war mir nie gegönnt worden. Auch als älterem Mann, der in wenigen Jahren seinen Fünfzigsten feiern würde, fehlte mir diese Liebe immer noch.

Tante Martha schob Sven zur Küche und Onkel Arno schaute etwas erbost über die offene Zeitung vor seinem Gesicht zu Lukas hinüber. Die Zeitungsblätter flatterten und Pauli streckte sich in dem Bewusstsein, dass er zum Spazieren eingeladen war.

Mit Pauli und Rosa an der Seite gingen wir beide hinaus. Ich wollte sie anleinen.

„Lass das. Die wissen besser als du, wo es langgeht. Nur wenn größere Hunde in der Nähe sind, muss man die beide anleinen." Lukas war ohne Zweifel besser eingewiesen als ich. Er nahm eine Taschenlampe aus der Schublade und wir gingen hinaus.

„Ich habe mich bei dir nie richtig entschuldigt für mein Benehmen damals, oder?"

Die Hunde waren an unserer Seite wie zwei kleine Wächter. Ich staunte zum wiederholten Male über ihre Gehorsamkeit. Der Boden war noch etwas nass von der feuchten Luft und ich zog diesmal bessere Schuhe an. Zugegeben, man konnte so den steilen Weg bergauf besser bewältigen.

Lukas schwieg eine Weile, bis wir schon fünfzig Meter vom Haus entfernt waren.

„Hat Tante Erika dir nicht erzählt, was der Grund des Streits mit deiner Mutter war?"

„Du, vergiss es. Ich muss mit dir ins Reine kommen und ich habe mich von der Familie zwar wegen des Berufs distanziert, aber ich hätte mich dir gegenüber anders benehmen sollen. Als ich aus der Wohnung auszog, wollte ich nicht den Kontakt mit dir abbrechen."

„Das hast du aber leider getan. Du machst dir aber alles sehr leicht, oder?" Er machte die Taschenlampe an und leuchtete den Weg vor uns aus.

„Ich weiß nicht, was du meinst. Ich will nur, dass wir uns wieder wie früher unterhalten können. Wir waren sehr gute Freunde. Scheinbar habe ich dich so sehr verletzt, dass du mir nicht mal mehr zuhören willst."

„Udo. Wir lebten unter anderem zwei Jahre unter einem Dach. Freunde waren wir bestimmt nicht. Freunde tun nicht, was du getan hast, und machen sich davon." Das „Unter anderem" war ein Thema, das ich gerne überspringen wollte. Ich musste zugeben, dass wir uns, ohne von seiner Neigung zu wissen, mal hin und wieder nahegekommen sind, aber das war für mich nur eine zufällige Gelegenheit.

„Das weiß ich. Ich denke, ich hätte mich netter verabschieden können. Ich bin in meinem Leben nie sicher gewesen und offenbar scheinst du immerhin das Beste aus dem Leben gezogen zu haben. Du bist, wie auch immer, verheiratet oder so, und ich werde niemals jemanden haben und meine Arbeit ist die Hölle. Können wir uns nicht verzeihen? Oder kannst du mir zumindest eine Chance geben, mich zu entschuldigen?"

Er besaß die Sturheit, die in unserer Familie bekannt ist, und mein einziger Joker in diesem Spiel war, dass ich mal hin und wieder mit ihm über mein persönliches Empfinden gesprochen hatte. Allerdings war das meistens bei einem Saufgelage und wir waren manches Mal besoffen gewesen. Einige meine Freunde mochten ihn nicht. Das ist in Männerkreisen nicht selten, dass man eine Art Eifersucht entwickelt. Dabei hätte ich meinen

Cousin verteidigen sollen, jedoch das Gegenteil war der Fall gewesen.

Lukas war mittelgroß und hatte einen Schnurrbart, der zu seinem Gesicht gut passte. Er hatte fabelhafte blaue Augen und mir war klar, dass er, nachdem ich aus der Wohnung ausgezogen war, bestimmt nicht ohne Partner bleiben würde. Sein Körper war von Natur aus gut gebaut und ihm fehlten die Fettpölsterchen, die ich von der Familie geerbt hatte. Es musste viele Männer geben, die sich für ihn interessierten. Er war nur etwas depressiv.

„Du hast mich damals bei Fremden geoutet. Du hast mich vor vielen blamiert und weil du mich als schwul bezeichnet hast, habe ich damals sogar meinen Job bei der Versicherung verloren. Einer der Typen, der auf der Party war, hatte am nächsten Tag nichts Besseres zu tun, als von Tisch zu Tisch zu gehen und den Arbeitskollegen zu erzählen, dass ich allein wohnen würde, weil ich mich an dir vergangen hätte."

Rot und viele andere Farben stiegen mir ins Gesicht.

„Aber das ist ungesetzlich. Wie, wieso hast du mir nichts davon erzählt?" Ich war mir dessen nicht bewusst und eigentlich meinte ich das, was ich gesagt hatte, nur als Witz. Ich wusste damals nicht einmal sicher, dass Lukas homosexuell war. Besser gesagt, in dem Alter wusste ich nicht mal, was ein Homosexueller ist. Ich war in dieser Hinsicht immer etwas naiver gewesen, da mich meine Mutter von jeglichem Kontakt mit Schwulen und Lesben ferngehalten hatte. Sie litt an extremer Homophobie und ihre Vorurteile hatte sie an mich weitergegeben.

„Ich glaube nicht, dass ich, nachdem ich deinetwegen barfuß durch die Hölle gelaufen war, irgendwie noch Lust hatte, von dir ausgelacht zu werden. Du warst sehr kindisch."

Wäre ich in seiner Rolle, ich glaube, ich wäre ausgerastet. Ich dachte nicht an die Konsequenzen dieses nach meiner Ansicht harmlosen Spaßes. Ich war an jenem Tag etwas betrunken gewesen und dann ziemlich unvorsichtig mit der Privatsphäre meines Cousins umgegangen.

„Ich wollte witzig sein. Was mir wie immer nicht gut gelungen ist. Aber es ist fast über fünfzehn Jahre her. Wann willst du mir das verzeihen?" Ich dachte damals, es wäre lediglich ein Spaß unter Männern, und da Lukas schüchterner war, war ich der Überlegene. Jetzt hatte ich meine Quittung bekommen.

„Das ist ziemlich nach hinten losgegangen. Du bist zwei Tage danach ausgezogen und ich musste zu meinem Praktikum gehen und kaum sechs Stunden später bekam ich das Kündigungsschreiben. Man klärte mir, dass ich mich damit abfinden sollte und mein Praktikum ja woanders fortsetzen könnte, oder es würde sich herumsprechen und ich hätte keinen Fuß mehr in die Branche setzen können. Ich war mit achtundzwanzig ruiniert. Sicher, es wagte keiner, den Grund der Kündigung auszusprechen, aber mir war es klar, als ich den Blonden sah, ich glaube, er hieß Christian, der vertraulich von Tisch zu Tisch getrapselt war."

„Nur wegen eines Späßchens? Du hast bestimmt etwas anderes bei deiner Arbeit angerichtet", versuchte ich einzuwenden, aber schon in dem Bewusstsein, dass das niemals stimmen könnte. Lukas war immer sehr sorgfältig in der Trennung von Privatem und Beruflichem gewesen.

„Christian, mein Arbeitskollege, fand dein besoffenes Gelaber nicht witzig genug und nutzte dies aus, um mich aus der Firma zu katapultieren."

„Warum hast du mir das nicht erzählt?"

„Wann haben wir uns denn mal wiedergesehen? Bei der Beerdigung deiner Mutter? Ich glaube, es wäre unpassend gewesen, oder? Vor allem Sven hat mich in den letzten Jahren sehr unterstützt und mittlerweile arbeite ich in der Kunst und da wo ich arbeite, ist meine Orientierung die Norm. Wahrscheinlich wärst du der Außenseiter." Ein Anflug eines Lächelns huschte über sein Gesicht und ich wurde wieder neugierig, ob wir nicht doch wieder zueinander finden könnten.

Er machte eine Pause und ein leichter Glanz war in seinen Augen zu sehen.

„Wir kannten uns mal sehr gut. Du weißt, wie ich bin, und es war niemals so gemeint. Du hättest mich einweihen sollen."

„Tante Erika hat mich damals unterstützt. Sie wusste Bescheid und sie versuchte mit deiner Mutter über den Verlust meines Arbeitsplatzes zu sprechen."

Mir wurde langsam klar, was passiert war, aber noch hatte ich etwas Hoffnung, dass das, was ich befürchtete, nicht wahr wäre.

„Als Tante Erika deiner Mutter erklärte, wie es um meine Gesinnung stand, beschuldigte deine Mutter Tante Erika, mich zur Homosexualität verführt zu haben. Sie hat damals verboten, dass du in die Sache eingeweiht würdest, und drohte sogar mit Klagen, sollten sich Tante Erika oder ich dir zu nähern versuchen."

Er öffnete seine Hände und zeigte, wie kurz die Geschichte war und wie lang die Folgen waren. Er hatte Recht, meine Mutter war am Ende ihrer Tage ziemlich einsam, da sie die Familie allesamt vergrault hatte und die Kirchenfreunde nur bei den Gelegenheiten, bei denen ich sie traf, ein wertloses „Wir beten für Sie" sagten. Was auch bedeutete, hoffentlich gibt es einen Gott, der sich um sie kümmert, wir werden das bitte schön nicht tun.

„Ach, du meine Güte! Ich hatte davon nichts gehört. Deine Mutter hat mich auch nie darauf angesprochen. Das war niemals in meinem Sinn."

„Tja. Zu spät. Meiner Mutter habe ich die Geschichte auch erspart, weil sie eine gute Seele war und mein Vater las fast jedes Buch auf den Markt über das Vatersein mit homosexuellen Kindern. Er nervte mich mehr mit seiner Neopsychologie, als er sich vorstellen konnte, aber ich liebte ihn dafür."

Meine Mutter war eine sehr um mich besorgte Frau und keiner konnte behaupten, dass sie mich nicht gut versorgt hat, aber lieber hätte ich einmal von ihr erfahren, dass ich mich wie ein Arsch benommen habe oder dass eine Entschuldigung in manchen Situationen angebrachter wäre. Ihre Sorgsamkeit hat mich von meiner Familie entzweit und mich zur Einsamkeit verdammt.

„Deine Mutter hat mich damals angerufen, mich als Perversling bezeichnet und wieder mit Klage gedroht, wenn sie erfahren würde, dass ich mich an dir vergangen hätte."

Es war doch schlimmer, als ich geahnt hatte. Es war viel schlimmer.

„Ich weiß nicht, wie ich dir noch ins Gesicht blicken kann. Wieso hast du mich nicht angesprochen?" Ich war sehr betroffen und nicht einmal die kalte Luft der Berge konnte meinen Kopf kühlen.

Eigentlich hatte ich mich an ihm einige Male mit ihm vergnügt und ihn verführt, aber nicht umgekehrt. Ich war mir bewusst, dass ich nicht homosexuell bin, und es ging nur um etwas Spaß. Ich nannte es Gelegenheitssex. Ich hatte mich nie besonders für Sex interessiert. Meine Mutter hatte so viele Verbote ausgesprochen, dass sich am Ende, so denke ich, eine Sperre in meinem Kopf festgesetzt hatte, die ich nicht mehr lösen konnte. Was hatte sich meine Mutter nur dabei gedacht? Verdammt!

„Ich kann dir nicht versprechen, dies je zu vergessen. Tut mir leid, aber für jetzt lass uns eine friedliche Zeit miteinander verbringen, o.k.?"

„Danke."

Ein Kloß im Hals blieb dennoch. Wir sprachen nichts mehr, bis wir zu Hause ankamen. Ich spielte mit Rosa und er mal mit Pauli und wir taten so, als hätten wir uns ausgesprochen. Aber diese tiefen Wunden in unserer Beziehung schienen niemals heilen zu wollen.

Pizzaschachteln stapelten sich auf der Spüle und meine Tante zeigte mit der Hand zum Tisch, wo die ausgepackten Pizzas zu sehen waren. Sie wusste, worum es in meiner Unterhaltung mit Lukas gegangen war, tat aber so, als hätten wir nichts zu besprechen gehabt.

„Ich habe sie kurz in den Ofen gestellt. Schnell, es wird kalt", munterte sie die Runde auf.

Wir aßen und ich schwieg. Mir war klar, dass ich besser niemals den Mund geöffnet hätte.

„Schauen wir uns das Video von Gustavs Tochter an?", schlug ich vorsichtig vor. Meine Quote an Patzern war für den heutigen Tag erfüllt.

„Gute Idee. Ich liebe das Video." Sven war sehr redselig und daraus schloss ich, dass er das Material bereits kannte.

Wir saßen im Wohnzimmer. Da das Sofa nicht sehr breit war, legten Sven und Lukas Kissen auf eine auf dem Boden ausgebreitete Decke und setzten sich zusammen. Mein Onkel schaute streng zu Lukas und stellte sicher, dass er mich nicht wieder anfauchte. Ich war nahe einer Gefühlsaufwallung. Die Zuneigung meines Onkels war wirklich etwas, was ich bisher in meinem Leben vermisst hatte. Mein Vater war nie ein besonders sorgender Vater gewesen und nach der Scheidung war seine größte Zuwendung gewesen, zu Weihnachten eine vorgedruckte Karte mit der Hand zu unterzeichnen.

Ich legte die Hand auf die CD-Packung und wollte einen Platz suchen, wo ich sie hinstellen sollte.

„Lass. Ich kenne mich aus. Gib das her."

Ich gab die CD Sven, der mit zwei Handgriffen den CD-Player startete, so dass das Bild kam.

Ein siebziger Song tönte aus dem Player und rhythmisch dazu erschien ein Einführungsbild mit dem Titel „Wir in der Natur".

Action

Über zwei Stunden liefen Fotos meiner Tante Erika und Ihrer Freundin, die, wie ich dabei erfuhr, Martina hieß. Aus dem Vorspann und Nachspann war zu entnehmen, dass Martina die Kameraarbeit übernommen hatte und auch für Schnitt und Montage verantwortlich war.

Ein gelungener Rundgang über das Voralpengebiet, wo zwischen fleischfressenden Pflanzen, Blumen und seltenen Kräuter auch zahlreiche Fauna-Beobachtungen zu bestaunen waren.

Tante Erika erklärte die Name der Blumen und auch, warum einige Pflanzen männliche Namen hatten und andere weibliche. Sie zeigte systematisch, dass die Vorurteile in der Welt eine lange Tradition haben, und ich war etwas erleichtert, weil ich mir dadurch indirekt entschuldigt vorkam.

Sven war so liebevoll zu Lukas und hielt ihn neben Pauli und Rosa an seiner Brust. Vom Boden aus schenkte er meinem Onkel Wein ein. Ich eilte mit Wasser zu meiner Tante. Sie nickte und wir hörten, wie Tante Erika vor der Kamera Anweisungen an Eva gab. Sie zeigte, welcher Art von Boden und Stein in der Region welcher Art der Flora zugutekam, und sie erklärte dann in einem Moorgebiet, wie Frauen dort auch alten Religionen zum Opfer gefallen waren.

Mir wurde dabei klar, dass es gewisse Nachteile mit sich brachte, als Frau zur Welt zu kommen. Vor allem, wenn man meine Mutter als Schwester hat.

Kurz vor Ende erklärte meine Tante im Film, dass in der Natur alles sogar ohne einen Gott in Harmonie leben kann. Diese Stichelei galt bestimmt meiner Mutter.

„Der Film ist wirklich wunderbar. Ich war richtig gefesselt. Ich wusste nichts darüber und sie hat so gut erklärt. Wie alt ist der Film?" Ich wollte die Runde entspannen.

„Es wurde vor sieben Jahren zusammengeschnitten. Das Material haben sie drei Jahre lang zusammengetragen. Das Video verkauft sich sehr gut und ist in bestimmten Kreisen ein Klassiker geworden. Deine Tante hat sogar zwei Preise dafür gewonnen." Sven konnte das so charmant vortragen, dass man sich fast gezwungen fühlte, eine Kopie davon bestellen zu müssen.

„Wir sind zur Preisverleihung nicht eingeladen worden", monierte Tante Martha.

„Doch, Mama. Du warst an den Abend nicht da, weil ihr in Italien wart. Du hast dich mit einem Strauß für die Einladung bedankt. Ich habe das für dich gemacht." Alle lachten, weil sich Lukas in gleicher Art sehr häufig bei irgendwem für seine Mutter entschuldigte.

„Martha, du wirst nachlässig", witzelte ich.

„Ach, stimmt. Ich mag solche Verleihungen nicht und man muss sich immer aufputzen und für zwei Stunden still sitzen, neh. Ohne mich."

„Na gut, dann bestätigst du ja, warum du nicht gekommen bist." Sven kannte seine Schwiegermutter bestens.

Wir schauten noch ein anderes Urlaubsvideo an, das Tante Erika und Martina, die Tochter von Herrn Winterer, zusammen auf Nordzypern, in der Türkei und in Griechenland zeigte. Der Film wurde ‚Liebespfad' genannt und zeigte beide an verschiedenen Orten, wo der Aphrodite-Kult gepflegt worden war.

Ich muss zugeben, dass das trotz der fabelhaften Erzählung und guten Fotoarbeit nicht unbedingt mein Gebiet war.

Pauli wechselte von Sven auf meinem Schoß und Rosa ging zu einem der Körbe hinter dem Sofa. Offensichtlich war es für sie bereits zu spät.

„Ich muss ins Bett", entschuldige ich mich.

„Ich komme morgen zusammen mit Gustav und wir gehen die Finanzen von Tante Erika durch. Wir müssen die Konten auflösen und einige andere Sachen abmelden." Lukas zeigte große Hilfsbereitschaft, wohingegen ich mich etwas überfordert fühlte.

Alle verabschiedeten sich und Lukas meinte, sie würden kurz nach dem Frühstück zu uns kommen, damit wir gemeinsam mit Pauli und Rosa spazieren gehen. Ich freute mich, da ich das Bedürfnis spürte, mich bei Lukas wieder beliebter zu machen. Ich erkannte meinen Fehler, aber die Vergangenheit kann man nicht ändern, die Zukunft kann man jedoch gestalten.

Nachdem alle weg waren, saß ich wieder vor dem Computer meiner Tante und klickte auf das Nachlass-Video.

Ich legte den Kopfhörer an, damit keiner durch den Ton gestört wurde. Ich vermutete, dass Onkel Arno und Tante Martha bereits schliefen.

„Liebe Zuhörer, Zuschauer, Verwandte und Nachlass-verwalter. Dieses Video habe ich in meinem Computer gelassen, weil mir nach dem Tod von Martina klargeworden ist, dass keiner von uns dem Ende entgehen kann." Die Stimme meiner Tante war deutlich und bestimmt mit einem Tonprogramm vom Rauschen befreit worden. Es folgte ein musikalisches Intro.

Nach dem Tod von Martina kürzte meine Tante ihre Haare. Sie trug es meistens halblang. Im Lauf der Jahre hat sie die Haare immer kürzer geschnitten.

„Vor einigen Jahren machte mir meine Schwester Elfriede klar, dass eine Frau wie ich, lesbisch und ohne Mann, nicht an ihrem Leben teilhaben dürfte. Ihre Religion verbot ihr, mich so zu akzeptieren, wie ich bin. Aber bereits als kleines Mädchen hatte ich kein Interesse an Männern, und was nun? Welcher Gott ist das, dass er meint, mich kreiert zu haben und mir dann keine Familie oder Gesellschaft mehr bietet?" Meine Mutter ließ grüßen. Indirekt schämte ich mich für diesen Teil des Lebens meiner Tante.

Man konnte gewiss nicht alle Details im Hintergrund erkennen, aber es fiel mir auf, dass die Fotorahmen im Video glänzten. Es war offensichtlich so, dass solange Martina hier lebte, meine Tante Erika die Wohnung sauber hielt. Der aktuelle Zustand war deutlich vernachlässigter als das, was das Video zeigte.

„Als ich zum letzten Mal mit Elfriede sprach, wurde mir klar, dass nicht ich als existierender Mensch der Fehler bin, sondern die Vorstellung von einem nicht existierenden Gott, der in seiner Unvollkommenheit allen Genuss im kurzen Zeitabschnitt des Lebens verbietet und nichts dafür leistet. Der Mensch ist zu unvollkommen, dass wir nach einem Gott gebaut sein könnten. Zu viel Stolz, gepaart mit zu viel Unwissenheit." Das war sehr philosophisch und ich wollte wissen, wo das hinführen sollte. Einige Minuten sprach sie über ihr Verhältnis und wie die Familie sie nicht wahrgenommen hatte und wie sie ihre Liebe einige Jahre lang auch vor Neffen und Nichten geheim gehalten hatte.

„Nun, ich muss mich damit abfinden, und wenn du dieses Video anschaust, kann ich das alles nicht mehr selbst sagen. Ich habe alles schriftlich regeln lassen, aber …" Es folgte eine ganze Stunde von Hinweisen und Anweisungen, die alle bestens dokumentiert in einem Schriftsatz im gleichen Ordner ihres Computer standen.

In ihrer pragmatischen Art machte sie klar, dass die Einnahmen für ihre Bücher und sonstige Publikationen für den Unterhalt der Hunde verwendet werden sollten. Alles andere ging an soziale Organisationen. Sie wollte auch, dass sich keiner von uns um Geld streiten sollte, und wenn doch, dann sollte dies der Anwalt klären.

Am Ende des Vortrags gab sie einen Hinweis, der bestimmt mir gelten sollte.

„Egal, wie man zu seiner Familie und Freunden steht, man sollte wissen, dass nur wer mit seinem Leben zufrieden ist, sein Leben mit anderen teilen kann und darf. Wer mit sich nicht zufrieden ist, sollte niemanden in eine Ehe zwingen."

Mir wurde klar, dass ich zwar eine gute Arbeit hatte und mein Leben geregelt verlief, aber dass ich nie zufrieden war. Die Jahre, die ich mit Lukas in einer WG gelebt hatte, waren ja lustig, aber danach war ich nur einsam.

Der Schatten einer Mutter, die immer Recht behalten wollte und sich nicht um die Rechte anderer kümmerte, hat auch meine Zukunft beeinträchtigt.

Ich schaltete den Computer ab und saß noch einige Minuten da und überlegte, wie die letzten Worte meiner Tante zu meinem Alltag passten. Das Video war kein Kunstwerk. Eher langweilig und wie eine Botschaft eines vergangenen Volkes von einem verschwundenen Planeten, wie man es aus Science-Fiction-Filmen kennt, aber es hinterließ – beabsichtigt oder nicht – eine Botschaft für mich. Ich musste mehr aus meinem Leben machen, da, wie meine Tante sagte, keiner sein Ende umgehen kann.

Ich ging zum Gästezimmer und Pauli und Rosa kamen fast wie Schatten hinter mir her, und ich wusste, sie würden das Bett zuerst belegen, und so geschah es dann auch.

Ich legte mich ins Bett und Pauli war bereits neben meinem Kopfkissen und seine Schnauze lag nur ein paar Zentimeter von meiner Nase entfernt.

Nochmals vibrierte mein Handy und ich las eine SMS, in der mir berichtet wurde, dass die nächste Quartalsstrategie ohne mich besprochen werden müsste. Ich fragte mich, was solche Menschen denn von mir erwarteten. Sollte ich den Bestatter bitten, meine Tante im Kühllager aufzubewahren und selbst zu einer Sitzung in meiner Firma fahren?

Die Vorstellung, dieses Drama hier durchzustehen und alle halbe Stunde eine andere Aufforderung zur Arbeit zu lesen, brachte mich zu der Einsicht, dass ich von meiner Arbeit so sehr vereinnahmt war, dass ich kein privates Leben mehr hatte. Die Kollegen reagierten so, wie ich es selbst immer vorgelebt hatte. Es wurde mir immer deutlicher, dass der Fehler nicht bei meinen Kollegen lag, sondern an mir selbst.

Ich schlief in einen chaotischen Traum hinein. Am nächsten Tag wusste ich nicht mehr, um was es in darin ging, aber ich war entschlossen, mein Leben nicht so enden zu lassen. In einem Video, das zeigte, dass meine gescheiterten familiären Beziehungen mir so viel Zeit verschafft hatten, dass ich mich nur mit einem Post-Mortem-Kino von der Welt verabschieden kann.

Ada kam mit ihrem Mann Florian und dem Sohn, der bei meiner Tante nicht den besten Ruf hatte, und ich muss zugeben, mir war kurz nach der Ankunft klar, warum.

Der Junge fand mein Handy, das wieder auf dem Tisch vibrierte und nahm es in einem unbeobachteten Moment zum Spielen. Irgendwann hörten wir einen Plumps und ich stellte fest, dass das Kind mein Handy in eine Pfütze geworfen hatte. Nachdem ich einen schlechten Ruf bei Lukas hatte, wollte ich nicht auch bei Ada negativ auffallen. Also ließ ich meinen Ärger unter meinem rot angelaufenen Gesicht in Ruhe kochen.

Ich ließ alle eine Weile im Wohnzimmer allein und ging, um mein Handy zu trocknen.

Lukas stellte seiner Schwester Pauli und Rosa bereits als seine neuen Kinder vor und mir war klar, dass ich kaum eine Chance hätte, diese Vaterschaft für mich zu beanspruchen.

Vielleicht sollte ich mir einen Hund zulegen, dann hätte ich jemanden, der mich wahrlich liebte und vom Bürostress ablenkte.

Mein Handy war wieder trocken und ich las, dass ich einige E-Mails schnell beantworten sollte. Offensichtlich war meine Vertretung in einem Machtrausch zu der Ansicht gekommen, dass seine Planung für das neue Quartal meine Ergebnisse übersteigen sollten. Ich wollte sofort zurückfahren und den Widerling mit Tritten aus meinem Büro verbannen, aber ich dachte, ich sollte mich besser beruhigen und alles gelassen sehen.

Hunde waren mir lieber als Menschen geworden. Sie sind treu und man darf ihnen trauen. Mir wurde in dieser Zeit klar, wie viel man von diesen kleinen Wesen bekommt, und alles nur gegen eine geringe Bezahlung mit Streicheleinheiten und etwas Futter.

Und natürlich sollte man auch für ein paar Katzen und Hühner zum Erschrecken sorgen.

Cut

Am nächsten Tag war ich extrem beschäftigt mit den Wäschespenden, dem Verkauf der Möbel und Herr Winterer hat eigentlich fast alles übernommen, aber es war sehr viel Kleinkram, den keiner wollte. Die Papierangelegenheiten waren viele und ich war länger als sechs Stunden mit Schreiben beschäftigt, bis alles erledigt war. Ich war am Ende des Nachmittags extrem müde und Pauli und Rosa waren den ganzen Tag mit Lukas und Sven unterwegs.

Als der Tag des Begräbnisses kam, waren wir alle zusammen pünktlich mittags in das Bestattungsinstitut gekommen. Ein Kranz mit der Aufschrift ‚Leb wohl, liebe Martha' fiel mir besonders auf. Ich ging hin und prüfte die Karte. Ja, sie stammte von meinem Vater. Ich war sicher, er wusste nicht einmal genau, wie Tante Erika hieß. Ich war froh, dass er nicht noch größer hatte schreiben lassen, und entfernte ganz schnell die Karte, bevor Tante Martha vor Aufregung einen Infarkt bekommen hätte.

Obwohl ich bereits zahlreiche E-Mails, SMS und Telefonate beantwortet hatte, klingelten mein Handy und alle andere Geräte, die mich begleiteten, unaufhörlich. Ich gab auf und schaltete alle ab. Das letzte meiner Geräte war mein iPad, das sich weigerte, dem Ausschaltbefehl Folge zu leisten. So entschied ich mich, die Batterie zu entfernen.

„Ich würde es nicht auf den Boden werfen und mit Füßen treten. Meistens erheben sich solche Pads als Elektro-Zombies wieder aus dem Tod und wollen Menschen fressen." Sven war witzig und ich konnte mit seinem Witz etwas entspannen. Doch die Rücksichtslosigkeit meiner Kollegen und Chefs war mir fast zu viel.

Ada kam verspätet mit ihrem Mann und dem Buben, der eigentlich sehr nett war. Ich bin keine Vaterfigur und kann mit Kindern nicht besonders umgehen, aber ich konnte ihn mindestens dazu bringen, mit Pauli und Rosa Ball zu spielen und auf die Hunde zu achten.

„Du bist immer noch Single?" Ada schien diese Tatsache genau wie ihren Vater zu stören.

„Keine wollte mich haben."

„Das Leben als verheiratete Frau ist stressig, aber manchmal lohnt es sich. Florian ist eine Blume von einem Mann. Mutter reklamiert nur, dass ich mich zu sehr bemühe, meinem Sohn eine ordentliche Erziehung zu geben. Ich will nicht, dass er wie der Onkel wird. Du weißt, was ich meine?" Sie knickte ihre Hand, als hätte sie einen Ball geworfen. Ich musste etwas überlegen, bis ich sie verstanden habe.

„Ich glaube nicht, dass Erziehung in dieser Hinsicht einen Unterschied bewirkt."

„Das werden wir sehen. Ich denke immer noch, dass deine Mutter manchmal Recht hatte und ein straffere Erziehung den Mann etwas männlicher macht."

Oh Gott! Erziehungstipps von meiner Mutter sollten verboten werden. Ich wuchs als kleiner Homophober auf und litt darunter noch immer. Und ich sah auch keinen Vorteil in meiner Art. Zumindest hatte es Lukas besser mit seiner Begleitung als ich, der ich allein war.

Ada redete über die Frauenkreise in ihrer Kirche und wie sie dort mit Lesben umgingen und welch gute Christinnen sie waren, weil sie diesen Sünderinnen erlaubten, weiter Steuern an die Kirche zu zahlen.

Ich verabschiedete mich und wollte das Thema nicht vertiefen. Mir war klar, dass Ada nicht die offene Haltung ihrer Eltern übernahm, und sie war auch eine Kirchenratte, wie meine Mutter es gewesen war. Übrigens in der gleichen Kirche.

Einige Freundinnen Tante Erikas kamen in einer Gruppe zusammen. Sie waren acht Frauen im mittleren Alter. Nur eine davon war unter vierzig. Sie schien die Neueste in der Gruppe zu sein. Pauli und Rosa saßen ordentlich zwischen Sven und Lukas und warteten auf die zahlreichen Äußerungen der Bewunderung der Gäste und führten nach jedem Lob einen kleinen Tanz auf.

Der Bestatter hatte meine Tante bestens gekannt und verabschiedete sie mit vielen Ehrungen ihrer Arbeit für die Umwelt und die Natur der Region.

Wie die Polizei mitteilte, hatte sich die Todesursache geklärt. Sie war ein tragisches Opfer ihrer eigenen unruhigen Art geworden. Sie war auf einen unsicheren Stuhl gestiegen, damit hingefallen und hatte sich dabei eine innere Blutung im Kopf zugezogen.

Einige ihre Freundinnen machten daraus einige derbe Witze, die mich nicht zum Lachen bringen konnten, aber die anderen in der Runde fanden die Witze lustig. Ich wusste nicht, ob ich an meinem Humor oder die Dame an ihrer Rhetorik arbeiten sollte. Am Ende entschied ich mich, dass mich das nichts anging, und kümmerte mich nicht mehr weiter darum.

Die Zeremonie war kurz, aber sehr gut besucht. Vom Dorf kamen bestimmt um die zwanzig Gäste und ich überlegte schon, wie sie alle in die vorgesehene Gaststätte passen sollten.

Am Ende der Zeremonie spielte Herr Winterer eine CD zum Abschied. Tante Martha weinte für uns alle und Onkel Arno kümmerte sich liebevoll um sie.

„Wir haben unsere zweite Tochter auch begraben. Vielleicht waren wir keine guten Eltern, oder vielleicht musste es so sein", sagte Herrn Winterer etwas bitter.

„Das kann keiner im Voraus planen. Der Tod wird nicht nach Alter sortiert und ich freue mich, dass Tante Erika und Martina, die ich leider nicht gekannt habe, eine gute Zeit miteinander erlebt haben."

„Wir werden das Haus als Urlaubswohnung einrichten. Falls du kommen willst, bist du immer willkommen."

Ich bedankte mich und tatsächlich war mir der Gedanke nicht fremd. Ich hatte bereits daran gedacht, hier zu bleiben, da ich trotz der Umstände seit Jahren nicht so viel Ruhe gehabt hatte.

Als wir hinausgingen, war die Sonne grell und im Schatten war es zu kalt, darum bewegten uns alle zu dem Platz neben des Bestatters Haus, wo die Sonne schien.

„Wir fahren bald weg. Können wir Pauli und Rosa mitnehmen?" Lukas war etwas mitgenommen, aber standhaft. Ich ahnte bereits, dass er Pauli und Rosa unbedingt haben wollte, und mir waren die Gespräche und Erklärungen in

Richtung Sven nicht entgangen. Sven tat alles, was Lukas wollte, als Zeichen der Zuneigung und nicht des Gehorsams. Zum Teil empfand ich sogar etwas Eifersucht. Ich hätte gerne jemand wie Sven in meinem Leben, der meine Wünsche erfüllt. Ich schnaufte tief und verstand, dass der Unterschied zwischen mir und Lukas der war, dass Lukas sich mehr um ein Leben zu zweit gekümmert hatte als ich.

„Wir haben mehr als sechs Stunden Fahrt vor uns und wir werden dann zwei Übernachtungsstopps einlegen, damit Pauli und Rosa von der Fahrt nicht zu müde werden." Sven war so fürsorglich.

Ada war kurz nach der Zeremonie weg. Sie hatte noch einige Tage in Oberammergau bleiben wollen, aber das Kind hatte sich nicht wohlgefühlt. Mir war klar warum, nachdem ich gesehen hatte, wie viel das Kind in weniger als einer halben Stunde gegessen hatte. Der Junge übergab sich auf dem Parkplatz und meine Tante schaute mit verzogenen Lippen zu mir herüber. Adas Mann hieß Florian, aber wir konnten kaum mit ihm sprechen, da der Arme ständig Sachen abholen oder wieder wegtragen sollte. Ich war auf jeden Fall sehr froh, nicht eine solche Matrone geheiratet zu haben.

„Wenn Lukas je so gefressen hätte, hätte ich ihm lange, bevor er sich übergeben hätte, einen Klaps gegeben. Das Kind wird bestimmt fetter als eine Mastgans." Onkel Arno lachte und ich versuchte, nicht Partei zu ergreifen, aber mir war klar, dass Ada als Mutter wirklich übertrieb.

Alle waren kurz nach dem Schmaus weg und ich fuhr mit Tante Martha und Onkel Arno zurück nach Hause. Tante Martha nahm alle Fotos zu sich, mit und ohne Rahmen.

Ich musste mehrmals Sachen vom Auto in ohne Wohnung tragen und mir lief bereits der Schweiß von der Stirn, als der letzte Karton auf den Boden kam.

Ich vermisste Pauli und Rosa und in der ersten Nacht ohne beide schlief ich nicht besonders gut.

Ich sichtete die ganze Nacht lang meine Finanzen und überprüfte den Nachlass meiner Tante. Es war genug für einige Urlaube oder sogar für ein Projekt. Mir war nicht klar, was ich damit anfangen sollte.

Ich schaute mich in meiner ordentlichen Wohnung um und spürte die Leere wie nie zuvor. Nach einigen Tagen mit meiner Familie um mich herum und zwei Terriern fehlten mir die Aufmerksamkeit und Zuneigung von Menschen, die man kennt.

Das wertlose Dekorstück hatte den Staub der letzten Tage gesammelt und der Lichteinfall schien mir nun mehr als bedeutungslos. Es war der gleiche Staub, der sich nach Martinas Tod auf den Bilderrahmen meiner Tante gesammelt hatte.

Als ich realisierte, dass diese Trophäe nur zum Staubfänger werden würde, schloss ich sie in den unteren Schrank und klappte die Tür härter als nötig zu.

Ich war wieder in meinem Büro und eine Sitzung für die Aktualisierung des Managements war angesagt. Alle waren bestens angezogen wie immer. Mein Vertreter hatte sich bei allen sehr beliebt gemacht und seine Hingabe, einen Posten zu erlangen, war so dick aufgetragen, dass ich ihn beinahe gebeten hätte, die Klappe zu halten.

Alle sprachen über die Bedeutung der Verkaufszahlen im nächsten Quartal und wie wir uns seit dem Börsengang entwickelt hatten.

„Du bist immer noch so blass, Udo. Wenn man ohne Farbe aus dem Urlaub zurückkommt, ist es fast so, als hätte man keinen gehabt." Es folgte ein künstliches Lachen einer Frau, deren Namen ich mir irgendwie nicht merken konnte. Ich wusste nicht einmal, ob ich sie kannte.

Alle saßen rund um den Tisch und warteten auf meine Begrüßung und wollten bestimmt die neuesten Herausforderungen hören und einen Überblick über die neuen Verkaufsprognosen bekommen.

Ich schaute in die verschiedenen Gesichter und überlegte, welche davon tatsächlich zu Menschen gehörten. Es kam mir so vor, als hätte meine Tante mit ihrem Video etwas bei mir ausgelöst, so dass ich hier nicht mehr das finden konnte, was früher noch möglich gewesen war. Diese Gesichter waren leer. Sie lachten ohne Humor und sie grüßten sich ohne Freundschaft.

Ich wollte mehr vom Leben und ich wollte nicht weiter ein Mensch ohne Familie, ohne Ziel und schon gar nicht ohne Hunde sein. Mir war so, als hätte meine tote Tante mehr vom Leben als ich, der noch am Leben war.

Als alle sich beruhigt hatten, stellte ich mich vorne hin und schaltete den Projektor ab.

Alle hielten inne und sprachen und lachten nicht mehr. In diesem Moment sah ich vor meinen Augen das Leben meiner Tante, wie es in Einsamkeit endete und wie sich Staub an den Orten sammelte, wo früher die Liebe zwischen ihr und Martina zu Hause gewesen war. Mir wurde klar, dass ich an einer Schwelle stand, die ich nicht überschreiten sollte, wenn ich mich vor einem gleichen oder ähnlichen Schicksal bewahren wollte.

Ob meine Entscheidung korrekt und überhaupt die beste war, habe ich mich später nie gefragt.

„Liebe Kollegen, ich bin heute hierhergekommen, um mich zu verabschieden. Das Leben ist zu kurz für schlechtes Kino."

Weitere Veröffentlichungen des Autors:

Deutsche Romane

- Altreia, Drama, 1998
- Geheimnis der verdorrten Rosen, Mystery, 2009 – Reimo Verlag *
- Virtuelle Liebe, Kurzroman, Thriller, 2016 *
- Paloma, Kurzroman, Thriller, 2016 *
- Die Muse, Kurzroman, Erzählung, 2016 *
- Post Mortem Kino, Roman, Drama, 2016 *
- Die Heilerin, Roman, Thriller, 2017 *
- Geheimnis der verdorrten Rosen, Mystery, 2017 (neue Version) *
- Das Zauberspiegel des Eros, Roman, Thriller, 2017 *
- Das Tal, Roman, Thriller, 2017 *
- Jahreszeiten der Sünde, Roman, Thriller, 2018 *

Englische Romane

- Virtual Affairs, 2018 *

Deutsche Hörspiele

- Paloma, 2018

Kunstkataloge

- Geliebter Vater, 1995 *
- The new Artist, 1996 und 1997
- Liebe in Stücken, 2009 *
- Kunstkatalog, 2010
- Liebe in Stücken, Edition II, 2016 *
- Kunstkatalog, 2017 *
- Kunstkatalog, 2018 *

(*) Gelistet in der Deutsche National Bibliothek